W0030887

Cascade POLICIER

COLLECTION
Cascade

MICHEL HONAKER

LA SORCIÈRE DE MIDI

RAGEOT - ÉDITEUR

À mon fils unique et préféré, Yannick.

Couverture : Nicollet
ISBN 2.7002.1150-2
ISSN 1142-8252

WILLIAMS LE CLOPORTE

... J'attends depuis longtemps sur le bord de cette grande route pas loin de mon village, où les camions ne s'arrêtent jamais. Je ne suis pas encore fatigué d'attendre, même si j'ai les pieds qui commencent à devenir tout bleus dans mes chaussettes mouillées. J'ai déjà mangé le sandwich que ma mère m'a donné avant de partir, en me disant qu'aller sur la route pour devenir grand, c'était plus difficile que je ne pensais et qu'aussi je devrais faire très attention de ne pas parler à tort et à travers comme ça m'arrive souvent. J'ai mangé le sandwich parce que j'avais faim. J'ai souvent très faim et c'est pour ça que je suis un peu plus gros que les autres. Mais si on veut devenir grand, il vaut mieux être un tout petit peu gros aussi...

– Ed ?

J'attends le car qui emmène les grandes per-

sonnes dans la vallée, où il y a une ville pleine de rues, des rues pleines de maisons, et sur les maisons plein d'antennes pour voir les dessins animés à la télé. Il faut prendre ce car-là pour devenir grand.

À pied, ça serait plus long.

Le car donne un coup de klaxon. Au passage, il m'éclabousse de neige. C'est malin. Je crois qu'il m'a vu un peu tard. Je ne suis pourtant pas si petit. Heureusement, il freine et s'arrête un peu plus loin. Je me mets à courir derrière. J'ai eu peur. J'aurais été embêté de le rater. La portière s'ouvre avec un bruit de ballon dégonflé et le chauffeur...

– Edmond Willoughby !

... Le chauffeur a une tête très sympa, surtout à cause de la casquette qu'il a de travers sur les yeux, comme papa quand il travaille dans le jardin. Il me dit :

– Toi, je suis sûr que tu pars en voyage pour devenir grand. Mais la ville, c'est encore loin. Monte, on t'emmène.

À mon avis, il doit souvent voir des petits garçons qui partent comme moi à l'aventure. Il m'aide à monter. Le car, il est bigrement haut. Il fait chaud à l'intérieur et ça sent la cigarette. Ça n'est pas désagréable, mais ça fait tousser. Il y a plein de gens tous pareils qui sont assis, leurs sacs sur les genoux, et qui me regardent...

– Ed ! Encore dans la lune !

– Et qu'est-ce que tu vas faire quand tu seras grand ? me demande le chauffeur.

Et moi je réponds ce que j'ai toujours rêvé de répondre à un chauffeur qui m'aurait pris à bord de son car pour m'emmener dans la vallée où on devient grand.

– Je veux faire écrivain, et pour ça, il faut beaucoup de gens qui puissent lire mes romans sinon...

On vient de me faucher ma copie et je me tourne pour tarter Williams, parce que Williams, avec sa tête d'abruti, c'est le seul capable de faire des coups pareils. Lui, il recule en croisant les mains devant sa face de rat. Je ne suis pas le plus costaud, mais je suis le plus gros, et mes beignes, elles font mal quand elles arrivent sur le nez. Seulement ce n'est pas Williams qui agite ma copie, mais Miss Baldwin, ma maîtresse. Elle me regarde avec son air fâché. Elle a le nez froncé, la bouche pincée. Elle est jolie, Miss Baldwin, même quand elle est fâchée.

Je suis bien embêté. C'est gênant d'être fixé par la maîtresse devant tout le monde. Williams en profite pour ricaner comme un cloporte, et pour donner des coups de coude à ses copains qui sont tous aussi nuls que lui. Il a une drôle de façon de rire, Williams, surtout quand il est assis. Il tord son cou dans tous les sens comme s'il avait une araignée dans le dos, et puis il montre ses dents qui ne sont pas bien jolies parce qu'il ne doit pas les laver souvent.

Je ne l'aime pas trop. Lui et sa bande, ils s'arrangent toujours pour me tomber dessus à plusieurs. Ils piquent mes affaires ou font des taches sur mes vêtements. C'est pas eux qui se font gronder à la maison, après. Et aussi, ils rackettent les plus petits dans la cour. Ils leur demandent des sous ou des smash-gums. (Les smash-gums, c'est les boules de toutes les couleurs que Mr Hackendown vend dans le bocal rouge, près de la caisse enregistreuse. C'est très bon et très nourrissant, quoi qu'en dise le docteur qui n'y connaît rien, vu qu'il n'en mange pas.)

Williams, je l'entends marmonner des choses pas aimables au sujet de mon pantalon trop serré que maman n'a pas eu le temps d'élargir parce que cette année l'hiver est arrivé trop vite.

Il mériterait vraiment que je l'allonge, Williams, seulement voilà, la maîtresse ne me quitte pas des yeux. Elle attend une explication au sujet de ma feuille blanche. Je commence à devenir tout rouge, ce qui me fait chaque fois une drôle de tête. Le reste de la classe rigole, surtout les filles. Elles feront moins les malines quand je les courserai à la récré pour leur tirer les nattes.

– Edmond, dit la maîtresse, tu dois

apprendre à te mettre au travail en même temps que tout le monde au lieu de rêvasser. C'est chaque fois la même chose. Je noterai en conséquence...

– Madame, c'est que j'avais plein de choses à raconter !

– Il ne s'agissait pas de raconter ta vie, juste de nous dire comment tu voyais la façon dont on devient grand...

Je ne réponds pas. Les vraies victimes sont muettes, dit mon père, qui est pasteur. Et puis je n'ai pas l'impression que Miss Baldwin aurait très envie d'écouter mes explications. Elle semble pressée de nous faire sortir et elle jette souvent un coup d'œil vers la pendule comme pour lui demander d'avancer plus vite.

Aujourd'hui on est jeudi, et c'est le jour où Mr Dern vient l'attendre à la sortie avec son bouquet de fleurs à trois sous qu'il a acheté au coin de la grand-rue dans le seau rouge et jaune où l'eau est toujours sale.

– Il a rien à raconter, le gros, lance Williams. Il veut faire cuisinier.

Les autres se marrent de plus belle. La maîtresse demande du silence, mais c'est difficile parce que c'est bientôt la sortie. Ce n'est pas vrai, ça, que je veux faire cuisinier, même si j'aime beaucoup manger. La maîtresse ne donne jamais assez de temps pour expliquer les choses compliquées. Je suis très malheureux.

Il ne plaisante pas avec les notes, mon père. Le carnet scolaire est le plus grand problème de mon existence.

La cloche sonne et tout le monde se précipite dehors en hurlant. Miss Baldwin est retournée à son bureau et elle bourre son sac comme moi le matin quand je suis en retard. Je me lève doucement. Les tables sont toujours trop serrées. Je me suis déjà plaint, mais on me regarde chaque fois en souriant.

C'est vrai que je suis trop gros mais ce n'est pas ma faute à moi. C'est le Seigneur qui l'a voulu ainsi pour que je n'aie jamais froid dans la vie, comme dit maman, qui en sait quelque chose parce qu'elle n'est pas mince non plus.

Au passage, Williams en profite pour me refiler un coup de pied dans le mollet, avant de s'enfuir avec les autres andouilles. Ils rient très fort dehors, parce qu'ils savent que je ne peux pas les rattraper. Mais la prochaine fois que j'en coincerai un, il n'enverra pas dire que mon pantalon craque de partout.

Je suis bon dernier, comme d'habitude. Les autres sont déjà dans la rue à se rouler dans la neige. On est bien contents : la neige, d'habitude, il n'y en a pas si tôt. Elle est tombée la nuit dernière, sans prévenir.

En fait, il reste encore quelqu'un au fond de la classe. Je suis plutôt étonné parce que c'est Harold. Harold Sanghorn, c'est l'un des meilleurs de la classe même quand il ne force pas trop, et aussi mon copain préféré, malgré ses façons un peu bizarres.

Harold est un type à part. Il n'a pas l'air ahuri de Nelly Launder, qui est ma voisine et c'est pas un cadeau, mais on dirait qu'il est souvent absent, même quand il est là. Il a des yeux en forme d'amande qui changent tout le temps de couleur. Ça peut vous étonner mais c'est ainsi. Il est maigre comme un os, pâle comme quelqu'un de souvent malade. Williams et sa bande l'appellent « le squelette », ce qui n'est pas très gentil, seulement ils n'osent jamais l'attaquer, même tous ensemble. Je crois qu'ils ont peur de lui.

Moi, je l'aime bien, Harold, parce qu'il me file souvent des smash-gums. Lui, il ne les aime pas. Je crois qu'il m'en garde simplement parce qu'il sait que j'en mange pas mal. Et ça le fait rigoler quand j'en mets trois dans la bouche en même temps en faisant gnaaa-gnaaa...

– Eh, Harold, tu ne sors pas ?

On dirait qu'il n'a pas entendu. Il regarde par la fenêtre. Il sursaute quand je lui touche l'épaule.

– Hein ?

– Tu ne sors pas ?

– Si. Euh... si.

– Elle est malade, Nan ? je demande.

Nan est certainement la plus jolie fille de la

classe, et tout le monde sait qu'elle en pince pour Harold, même si on se demande ce qu'elle peut bien lui trouver. Il y a des garçons plus grands, plus costauds, ou qui ont les yeux bleus et des vêtements toujours propres. Et même j'en connais un qui est beaucoup plus gros... On lui fait tous la cour, à Nan – en plus elle est très forte en calcul. Williams, lui, il veut l'emmener derrière chez Mr Hackendown. Il est taré, Williams. Il n'y a rien à voir derrière chez Mr Hackendown. Je le sais parce que j'y suis allé pour faire pipi contre le tonneau plein d'eau de pluie.

Mais Nan, c'est Harold qu'elle préfère, peut-êtrc parce que c'est le seul qui ne lui demande jamais rien – il est aussi très fort en calcul. Moi aussi j'ai déjà essayé de ne rien lui demander, mais c'est très difficile, parce que dès qu'elle vous regarde, on a l'impression d'avoir un caramel à la place du cœur. Un peu comme quand Miss Baldwin elle me met une main sur l'épaule pendant que nous cherchons des feuilles dans la forêt pour l'herbier de la classe.

– Comment est-ce que je saurais si Nan est malade ? il répond, piqué.

– Ben, c'est un peu ta fiancée, non ?

Il hausse les épaules.

– Qu'est-ce que tu regardes par la fenêtre ?

– La neige, il répond. Je n'aime pas la neige.

C'est bien la première fois qu'il ose avouer

qu'il aime ou déteste quelque chose. Moi, ce que je vois dehors, à part la neige, c'est Williams et ses larves qui se sont cachés derrière le petit mur qui borde l'école. On voit leurs grandes oreilles qui dépassent, comme au guignol qui vient chaque année avant la Noël. C'est pas bon signe. S'ils sont là, c'est pas pour attraper des fourmis. Ils mijotent un coup tordu. Je sais bien qui ils attendent. Je vais encore dérouiller. Quand ils sont trop nombreux, je ne peux pas me défendre.

Je me sens devenir tout vaseux. Je me gratte la gorge.

– Ed et Harold, qu'est-ce que vous fichez là ? Dehors tout le monde !

C'est la maîtresse, et elle n'est pas contente du tout parce qu'elle a failli fermer la porte à clé sans nous voir.

– Madame, je ne veux pas sortir ! je fais. Williams et les autres vont nous attaquer !

– Écoutez, je n'ai pas à me mêler de vos problèmes. Cessez de pleurnicher et sortez immédiatement.

Je baisse la tête. Mon cœur se brise. Je trouve que la maîtresse est très injuste de ne pas vouloir m'écouter et que Mr Dern, le garde forestier, peut bien poireauter un peu, avec ses fleurs en solde, d'autant que lui il est au chaud dans sa voiture et qu'il écoute sa musique de dégénéré ; et c'est pas comme moi qui n'écoute que du classique, même que je sais faire le chef d'orchestre avec la broche qui est dans la cuisine. Mais Miss Baldwin est intraitable et elle nous montre la porte du doigt.

Les adultes sont impitoyables. Ils ont oublié comment ça fait, les gnons, quand ça vous tombe dessus comme la grêle au printemps.

Harold me tire par la manche pour me faire comprendre qu'il est inutile d'insister. Il jette son sac sur son épaule, un vieux sac pas très joli ni très neuf, parce que son grand-père n'est pas riche. Ils vivent ensemble dans une cabane éloignée du village.

– Je viens avec toi, décide Harold.

C'est rudement chic de sa part. Je le suis vers la sortie, bien forcé.

N'allez pas croire que j'ai peur de Williams. Ni des autres imbéciles qui se cachent derrière lui pour ne pas être dans son collimateur. Pfff... D'ailleurs, ils font moins les malins quand ils se retrouvent seuls. « On fait la paix, ils disent alors, quand je les coince à la cantine. C'est pour rire. »

Ils ont un drôle d'air quand je tapisse leurs joues avec les restes de purée. Non mais !

Mais quand ils sont tous ensemble pour une embuscade comme ça, ils deviennent beaucoup plus forts, et les beignes, alors, elles font plus mal. Dans la cour, ils n'osent pas trop nous attaquer. La maîtresse est là pour nous surveiller, même si elle passe surtout son temps à papoter. Mais dans la rue, c'est plus pareil. On est seul. Chacun pour soi, comme dit le seigneur des Mutants qui est mon dessin animé préféré quand j'ai le droit d'allumer la télé.

Sauf que là, c'est pour de bon.

Je voudrais bien trouver un prétexte pour retourner dans la classe, mais Miss Baldwin a déjà fermé, la cour est déserte, et on est les derniers. Non, je n'en suis pas très fier, mais je ne sais pas si vous êtes déjà sortis après tout le monde avec des brutes qui vous attendent dehors pour vous matraquer, mais moi ça me fait toujours une drôle d'impression.

Harold, lui, il n'a pas peur. Ou alors, il ne le montre pas. Il marche à côté de moi. Il est si léger qu'il ne laisse presque pas d'empreintes sur la neige, alors que moi je m'enfonce jusqu'aux genoux. Et quand il court, il file comme une flèche. C'est dommage qu'il ne joue pas souvent avec nous. Il ferait un malheur à attrape-cochon. Mais Harold, il n'aime pas trop ces jeux-là. Lui, il préfère lire à l'écart, ou rêver. Il est marrant, Harold.

« Le Seigneur a pourvu les faibles et les opprimés de qualités invisibles », dit souvent mon père.

Je ne sais pas si je vous l'ai dit, mais mon père, c'est le pasteur ici.

Je serre mon sac contre moi, parce que

prendre une rouste, c'est une chose, mais je ne voudrais pas qu'on attente à ma réserve de smash-gums. Quand on passe la grille je fais comme si je ne m'étais rendu compte de rien. Williams et les autres nous encerclent en crânant. Ils sont quatre ou cinq. C'est toujours les mêmes, ceux qui rigolent trop fort quand Williams roule des mécaniques devant les filles à la récré. Ça lui rapporte souvent des gifles – les filles, elles ont moins peur de lui, elles savent qu'il ne peut pas les cogner comme nous. En plus c'est embêtant d'être fâché avec les filles. Elles ne vous parlent plus et ça peut durer très longtemps.

Harold s'arrête. Ce qui est une erreur, à mon avis. On ferait mieux de filer.

– Toi, squelette, tire-toi. C'est pas ton problème. Je veux le gros, c'est tout.

Ils sont beaucoup plus grands qu'Harold, mais Harold n'a pas peur d'eux. Il les regarde un par un dans les yeux, sans broncher. Je ne me sentirais pas à l'aise s'il me regardait un jour comme ça. Mais moi je suis son copain et j'espère que ça n'arrivera jamais.

– Je suis le chef de la classe, continue Williams en montrant ses dents pas lavées. Et toi, Sanghorn, tu es un paquet de merde que ton grand-père a ramassé sur le trottoir.

Harold n'a pas de réaction. Seulement, j'ai l'impression que ses yeux n'ont plus du tout la même couleur qu'avant. Ils sont devenus tout dorés. On dirait que Williams ne sait pas quoi faire et qu'il est bien ennuyé d'avoir Harold au milieu. Alors il cherche à m'attraper moi, mais Harold s'interpose à nouveau. Williams veut lui donner un coup de pied. Quel lâche ! Avant que j'aie ouvert la bouche pour le prévenir, Harold lui prend sa cheville au vol et l'envoie se ramasser dans la neige.

Les autres font une drôle de tête.

– Foutez-leur une trempe ! crie Williams, la bouche pleine de neige sale.

Les autres, on dirait qu'ils n'ont pas entendu. Ils ne bougent pas. Harold barre le passage. Il a l'air d'un chat prêt à griffer. Williams se relève. Bim ! il se fait renvoyer illico au tapis par un bon direct dans le nez. Ouille ! ça saigne. Vilain temps. Harold le regarde avec l'air de lui dire que, s'il recommence, cette fois, il va lui faire la totale. Les autres andouilles, ils ont tout compris. Ils se font la malle.

– Vous êtes tous des lâcheurs ! il gueule, Williams.

Il se dépêche pourtant de les suivre, en nous regardant avec une tête qu'il a dû copier dans un mauvais film.

– T'as un gros cul, l'éléphant ! Je t'aurai la prochaine fois, et tu seras pas si fier.

Seulement, il est déjà loin quand il crie ça.

– Vous n'avez pas bientôt fini de vous battre,

petits voyous ! Je vais venir vous corriger, moi !

C'est Mr Dern, le garde forestier et le petit ami de la maîtresse. Il vient de sortir de sa voiture garée de l'autre côté de la rue. Il n'a plus son bouquet de fleurs à la main, et il se met à courir vers nous avec ses grandes jambes, en soulevant des flaques de boue.

Williams et sa bande ont déjà disparu derrière la blanchisserie. Il ne nous reste plus qu'à filer de notre côté pour éviter de trinquer.

– Viens par-là, lance Harold.

Il me prend par la main et m'entraîne par un passage entre deux maisons. Il a l'air de bien connaître les coins et les recoins de la ville. C'est un malin, Harold. Mr Dern, il ne sait plus où on est passé. Il reste planté au milieu de la chaussée comme un tronc d'arbre. Heureusement pour nous. Il a la main lourde. Il connaît la maîtresse, alors il se croit permis des tas de choses avec les élèves. De toute façon, nos histoires, ça ne regarde pas les adultes.

On est bien assez grands pour se débrouiller tout seuls.

MON COPAIN HAROLD

Dans la débandade, Harold m'a distancé d'au moins dix longueurs. Il a déjà tourné le coin de la rue. Ce qu'il court vite, c'est pas croyable. Même mon père ne pourrait pas le rattraper, à mon avis, et mon père, il court vite aussi, surtout après moi s'il a deviné que j'ai piqué des bougies pour construire un vaisseau intergalactique. Mon père, c'est le pasteur, alors il n'aime pas qu'on touche aux choses qui sont dans le temple. Il dit que je dois être un exemple pour tout le monde, mais être un exemple, je peux vous dire, c'est pas toujours marrant.

Oui, il court diablement vite, Harold. Quand j'arrive à mon tour au coin, il a disparu.

– Psst... Ed !

En fait, non. Il est juste à côté de moi. Il s'est caché sous le porche de l'épicier. Je suis content qu'il m'ait attendu. Il semble à peine essoufflé, et la course lui a redonné des couleurs aux joues, tandis que moi, j'ai l'estomac qui brûle et je n'ai plus faim du tout.

– Williams ne viendra plus t'embêter de si tôt, il dit. Tu veux des bonbons ?

C'est un chouette copain, Harold, y a pas ! Il déplie son mouchoir. C'est un mouchoir blanc, et propre, où il conserve des tas de smash-gums alors qu'il n'en mange jamais. Il m'en met plein les mains, et je suis rudement content, ça oui ! Il me regarde mastiquer en souriant. Il ne sourit pas souvent, Harold. C'est dommage. Il a un beau sourire. On dirait le sourire de quelqu'un qui a vu beaucoup de paysages lointains et qui s'en souvient avec tristesse. J'ai l'impression qu'il sait des trucs, beaucoup de trucs dont il ne se vante jamais.

On s'assoit un instant au bord du trottoir enneigé.

– Y en a marre de Williams, je grogne. Et aussi des autres andouilles.

– Ne t'en fais pas.

– J'ai déchiré mon pantalon.

Et c'est vrai, en plus. Comme il était trop serré, il n'a pas résisté. Ça me fait honte. Sans compter ce que je vais prendre encore en rentrant chez moi. Harold hoche la tête. Il sourit un peu plus.

– Tu continues d'écrire ton livre ?

Je suis très fier qu'il me pose la question. Personne ne se préoccupe jamais de mon livre, même à la maison et pourtant, c'est la chose qui compte le plus pour moi.

– Il avance.

– Qu'est-ce que tu racontes dans ton livre ?

– Je raconte tout ce qui m'arrive.

– Je suis dans ton livre, moi aussi ?

– Bien sûr, tu penses !

C'est la première fois que je vois quelqu'un aussi content d'être dans mon livre.

– Tu seras certainement écrivain, plus tard.

– Et toi, qu'est-ce que tu seras ?

Il ne sourit plus. Il me regarde avec son air dans le vague.

– Je ne serai plus ici, de toute façon.

Je ne sais pas ce qu'il veut dire par-là. Et je n'ai pas le temps de lui demander car, à ce moment, l'épicier sort pour servir des légumes à Mrs Peabody, la mère de Cyrus qui est un copain qui ment tout le temps.

– Eh les gamins ! il fait en nous voyant assis là. Vous devriez manger des pommes au lieu de vous empiffrer de toutes ces cochonneries roses !

Il nous choisit deux pommes supers qu'il essuie sur sa manche et nous les tend en souriant.

– Allez, déguerpissez, maintenant !

On ne se le fait pas répéter. C'est vrai que

c'est bon, les pommes. Pas autant que les smash-gums, quand même.

– J'ai envie d'aller voir si Nan est malade, propose Harold. Tu m'accompagnes ?

Je voudrais bien, mais j'ai peur de me mettre en retard. Harold, lui, a bien de la chance. Son grand-père le laisse vagabonder autant qu'il veut après la classe, et même des fois quand il fait déjà nuit. Moi, si je dépasse l'heure, ma mère se met très en colère et elle ne me donne pas d'argent de poche pendant longtemps et je n'ai plus le droit de parler à table. Et c'est très embêtant parce que j'aime beaucoup parler. Spécialement à table.

Mais aujourd'hui, j'y pense, c'est jeudi. Ma mère a ses visites et mon père reçoit des gens pas marrants qui lui racontent leurs problèmes, et aussi leurs péchés.

Avec tout ça, personne ne s'apercevra que je suis un petit peu en retard. Et puis rendre visite à Nan me tente assez, surtout que je n'oserais jamais y aller seul. D'abord parce que c'est une fille et qu'après, on se moquerait de moi en disant que je suis amoureux. Ce qui est vrai mais je ne tiens pas à ce que tout le monde le sache, parce qu'ensuite, il y aurait mon nom partout à l'école avec le sien dans un cœur, sur les murs, les vitres et même le tableau de la maîtresse qui n'aime pas qu'on utilise le tableau pour autre chose que le travail en classe.

Je ne sais pas si je vous l'ai déjà dit, mais Nan, c'est la plus jolie fille de la classe. Elle a des nattes brunes et des yeux très bleus. C'est celle qui en pince pour Harold. Elle habite à la sortie de la grand-rue, près de la forêt, et c'est vrai qu'elle n'est pas souvent absente ; c'est certainement pour ça qu'elle est la meilleure de la classe.

– Je viens avec toi. Elle va être contente de nous voir, si elle est malade...

Je sais bien qu'elle sera surtout contente de voir Harold, mais ça ne fait rien. Harold, lui, semble content de m'avoir avec lui. Nous nous mettons en route. Je jette la pomme pour me mettre trois smash-gums dans la bouche, et je gonfle mes joues, ce qui fait toujours bien rire Harold, qui ne rit pas souvent...

Mon village a un nom bien à lui mais personne ne l'utilise parce qu'on dit toujours le village. C'est le seul dans le coin et on ne risque pas de se tromper. Tous les autres villages, pas fous, sont restés dans la vallée bien au chaud. Mon père, il dit que c'est comme ça parce qu'avant, il y a longtemps, c'était un refuge de trappeurs qui allaient dans les grandes montagnes plus au nord pour chasser les bêtes à fourrure. Comme ils se regroupaient souvent ici et que le paysage leur plaisait bien, ils ont fini par construire un temple et des maisons.

Il y a une grande forêt tout autour, et aussi une rivière qui vient de loin et ressemble en hiver à une coulée de sel. La maîtresse dit que, plus haut, il y a un lac, mais on ne peut pas y aller parce qu'aucune route n'a été construite à cause des arbres qui sont trop vieux pour être abattus. La rivière n'est pas large vers chez nous, mais dans la vallée, elle devient un grand serpent d'argent tout lisse.

Mon village n'est vraiment pas grand, et je vous assure qu'on en fait vite le tour. Quand vous arrivez par la petite route qui vient de la nationale, celle qui monte tout le temps et qu'on ne voit pas quand il y a trop de neige, vous apercevez en premier le toit du temple et, juste à côté, collée comme un ourson qui a froid, c'est ma maison. Elle non plus, elle n'est pas grande, mais enfin c'est ma maison et on s'y sent bien parce qu'il y fait toujours chaud et qu'il en sort de bonnes odeurs chaque fois différentes.

Les maisons sont surtout le long de la grand-rue – qui a un nom mais que tout le monde appelle la grand-rue. Mais il y en a quelques-unes en dehors, par exemple celle de Mr Dern, le garde forestier – il est aussi le petit ami de la maîtresse – ou celle du grand-père d'Harold, ou celle de la dame qui a souvent ses jupes retroussées au-dessus du genou quand elle fait son jardin, et dont ma mère ne veut pas entendre parler.

Moi, je n'aimerais pas habiter tout seul aussi loin dans la forêt. Il faut vous dire que la forêt, chez nous, c'est surtout elle qu'on voit quand on arrive. Elle a mis ses arbres de tous les côtés comme une malpolie ; Miss Baldwin nous a expliqué que ces arbres-là étaient très vieux et très majestueux, et aussi qu'ils s'appelaient des sapins, des ormes et des chênes, qu'il était rare de les admirer ensemble dans le même paysage. Seulement, comme c'est une grande personne, et que les grandes personnes ne font jamais attention à ces choses-là, elle n'a même pas remarqué que la forêt était aussi très sombre et très silencieuse, et qu'il valait mieux pas s'y perdre si on voulait rentrer chez soi pour l'heure du goûter.

J'ai déjà vu des forêts gentilles à la télé où les gens ils se promènent en se donnant le bras, mais notre forêt à nous, elle n'est pas gentille et ça se voit tout de suite. Et d'ailleurs, il ne viendrait à l'idée de personne d'aller s'y promener. Je suis sûr qu'il y a des loups dedans et un tas d'autres choses que je ne peux même pas imaginer.

Harold ne partage pas mon opinion. Mais Harold n'est jamais d'accord avec personne, surtout quand on parle de la forêt. Il adore la forêt, au moins autant que les montagnes ou les rivières. Qu'est-ce que ça sera quand il aura vu la mer, où je lui ai fait croire que j'étais déjà allé. Mais c'est pas vraiment vrai, parce que la mer, c'est trop loin de chez nous. Mon père a seulement un album où on voit de petits messieurs qui font du ski sur les vagues en battant des bras comme les oiseaux. Harold me fait souvent raconter la mer, et je lui dis ce que j'en sais, c'est-à-dire toujours la même chose.

Mais je crois tout compte fait qu'il préférera la forêt. Sur la mer, il n'y a pas d'arbres et Harold adore les arbres. Il s'amuse à les appeler de noms bizarres qui font dire aux autres qu'il est un peu fêlé, et c'est probablement vrai.

Il dit qu'il se sent chez lui au milieu des arbres. Il ne se perd jamais et je ne sais pas comment il fait. Il lui arrive même de traverser le pont et d'aller se promener de l'autre côté de la rivière, là où il n'y a vraiment plus personne, ni maisons, ni bûcherons, ni rien du tout, rien que ces grands arbres noirs inquiétants. Les autres disent qu'il se vante. Moi ça m'étonnerait.

Entre nous, on se raconte des histoires terribles sur ce coin-là, des histoires qui font froid dans le dos. Et on ne sait pas si elles sont vraies ou non. Cyrus est un copain très nul qui en connaît des tas. C'est des histoires de choses qui n'aiment pas les petits enfants et que je ne vous répéterais pour rien au monde. Lui, il dit que tout ça c'est pas du flan et, la preuve, c'est qu'il a déjà vu plein de trucs bizarres en regardant par la fenêtre de sa chambre. Il faut dire qu'il est bien placé, Cyrus. Sa fenêtre donne justement sur la rivière et les grands arbres sombres qui bordent la berge opposée.

– La forêt ne s'arrête pas là, dit souvent Harold en regardant vers le nord. Elle continue beaucoup plus loin – parce que c'est une très grande forêt, et très ancienne aussi.

Harold regarde souvent de ce côté avec un air triste.

NAN ET LYDIE

Le ciel a changé de couleur. Il est devenu jaune et moutonneux et ça, c'est le signe que la neige va encore tomber la nuit prochaine. Elle est arrivée très en avance, cette année, et les gens n'ont pas l'air de tellement apprécier la surprise. Tout le monde grelotte et marche en regardant ses chaussures. Les voitures patinent sur la chaussée. Les commerçants couvrent leurs étals en levant les bras au ciel.

Les grands feront toujours des problèmes de rien. On pourrait s'arrêter de travailler, fermer l'école, pour faire une bataille de boules, et on s'amuserait bien, je crois...

– Attends-moi, Harold !

Harold marche si vite que j'ai peine à le suivre, surtout qu'il ne s'arrête jamais devant aucune vitrine. Moi, je suis déjà essoufflé. Il ralentit. Il a le nez en l'air.

– On va avoir une sacrée tempête, il dit.

– Je crois aussi. On ferait bien de se dépêcher.

Nous arrivons chez Nan. C'est l'une des dernières maisons du village, et l'une des plus jolies. Les premiers sapins caressent son toit. C'est normal qu'elle soit si jolie, sa maison. Son père, c'est Mr Todds qui dirige la scierie. Il est très riche. C'est lui qui achète les bougies chaque année pour le sapin de Noël sur la place de la mairie.

Comme les autres maisons de mon village, elle est en bois avec un toit gris. Les murs sont bleu pâle. Moi, j'aurais préféré une autre couleur mais bon...

Maintenant, Harold hésite à pousser la porte du jardin.

– Qu'est-ce qui te prend ? C'est toi qui voulais venir, non ?

– Il vaut mieux que tu passes devant...

Je crois surtout qu'il a peur de ce que Nan pourra dire en le voyant. À mon avis, il a tort. Nan l'aime beaucoup, comme j'aimerais bien qu'elle m'aime aussi un jour. J'imagine qu'elle va être au contraire très contente de le voir, d'autant plus si elle est malade. Moi, je n'hésite pas. J'entre. Je donne trois coups contre la porte...

La maman de Nan vient ouvrir. C'est une grande dame blonde presque aussi jolie que la maîtresse, même si elle est plus vieille. Elle semble triste et préoccupée. Peut-être qu'on a eu tort de venir. Je suis un peu rassuré en la voyant sourire.

– Bonjour, madame, on passe prendre des nouvelles de Nan...

En parlant, je danse d'un pied sur l'autre comme un canard, mais si vous croyez que c'est facile d'aller chez les gens... Ça me rappelle Noël, quand il faut faire toutes les portes pour vendre ces sacrés billets de tombola.

– Ne reste pas là à te geler, Ed ! dit Mrs Todds. Entre vite !

Et puis elle s'aperçoit qu'Harold est là aussi. Je ne sais pas pourquoi, elle change de figure. C'est bizarre, il y a un tas de gens qui n'aiment pas tellement mon copain.

– Bonjour, Harold, elle ajoute en le regardant. Ce n'est pas Nan qui est malade. C'est notre Lydie.

Lydie, c'est la petite sœur de Nan. Elle est dans la même cour que nous, mais c'est encore un bébé. Cyrus, un copain très nul à moi et qui raconte toujours des tas de mensonges, dit qu'en appuyant sur son nez, il sort encore du lait. Mais Cyrus, il n'est pas bien grand non plus et puis je ne suis pas sûr qu'il ait déjà essayé.

Tout à coup, j'aperçois Nan qui se faufile derrière Mrs Todds et nous fait des signes. Harold aussi, il l'a vue, et il a l'air tout gêné, subitement.

– Venez, ne restez pas dehors, les garçons. Pas la peine d'attraper mal, avec toute cette neige...

Mrs Todds a une drôle de voix en disant ça. Elle lance un coup d'œil vers la forêt, et puis elle referme derrière nous. Mais je continue à penser qu'elle n'aime pas trop Harold, et qu'elle ne l'accueillerait pas si je n'étais pas là. Nan doit l'avoir compris aussi, car elle le prend vite par le bras et l'entraîne à la cuisine. Sa mère nous laisse. Elle a l'air inquiète. C'est normal si Lydie est malade. Moi aussi, ma mère est inquiète quand je suis au lit, et pas contente, parce qu'elle est obligée d'annuler ses rendez-vous avec les dames de la paroisse.

On se retrouve seuls autour de la table de la cuisine. On ne parle pas trop. On est tous un peu gênés, je crois. Nan découpe de larges tartines dans une miche et vide une boîte de céréales à la vanille dans des bols, justement celles que je préfère. Elle est toute rouge, ce qui à mon avis la rend encore plus jolie. Et puis ses cheveux sentent bon. Ils sentent la fille, quoi, et je ne connais rien de meilleur que cette odeur-là, même pas celle d'un smash-gum. Je sens que je deviens vraiment amoureux de Nan. Mais ce n'est pas moi qu'elle regarde d'un air bête, c'est Harold, qui, lui, fait semblant de ne rien remarquer.

Ils m'énervent, tous les deux.

– Elle est très malade, ta sœur ? je demande, parce que plus personne ne parle.

– Penses-tu ! fait Nan en haussant les épaules sous son tablier rose, le même qu'elle a en classe. C'est rien que du cinéma. Elle ne veut pas aller à l'école et elle a inventé toute une histoire pour rester au lit aujourd'hui. Tu prends de la confiture, Harold ?

Tu prends de la confiture, Harold ?... Et moi, est-ce qu'on me demande mon avis, à moi ? Moi aussi, j'aime la confiture.

– Euh, non, merci, bredouille Harold qui ne mange pas beaucoup et c'est certainement pour ça qu'il est si maigre.

– Et toi, pourquoi t'es pas venue aujourd'hui ? je demande.

– Je ne pouvais pas. J'ai dû garder Lydie. Maman devait sortir faire ses courses du jeudi. Quel poison ! Elle a pleurniché tout le temps et même quand je me suis fâchée, elle a continué encore plus fort. Mais le Dr Lifford ne devrait plus tarder. Il va bien voir qu'elle est en pleine forme et là, ça bardera au retour de papa... Oh ! Harold, ça tombe bien que tu sois là. Il y a justement un exercice de géométrie auquel je ne comprends rien du tout...

Comme Nan, c'est la meilleure de la classe,

même en géométrie où personne n'est bon, moi ça me paraît plutôt étonnant. Harold mange sans répondre. Il a son air pensif depuis un instant. Je me sacrifie sans hésiter :

– Je peux t'aider, si tu veux...

Elle me regarde en fronçant les sourcils comme la maîtresse.

– Est-ce que je t'ai sonné, Edmond Willoughby ?

Je vais pour répondre que moi, si j'ai dit ça, c'est juste pour rendre service, et pour rien d'autre, quand Harold semble soudain revenir avec nous.

– Elle est malade depuis longtemps, Lydie ?

– Cette nuit. Quand elle a vu la neige tomber. Elle a dû se dire que ce serait un temps formidable pour rester au chaud. Oh ! Harold, quand tu as cet air-là, on dirait un vrai docteur...

Et gnan-gnan...

Mais Harold semble suivre sa pensée. Lui au moins, il ne fait pas attention au cinéma des filles.

– J'aimerais bien la voir. Si elle ne dort pas...

– Mais oui, bien sûr. Viens.

À la façon dont Nan a dit ça, on voit qu'elle regrette affreusement de ne pas être malade aussi.

La chambre de Lydie est minuscule et toute rose, comme j'imaginais les chambres de petites sœurs, avec des jouets de fille et des poupées partout. Les lampes sont allumées. Lydie est couchée avec deux oreillers dans le dos. Elle ne dort pas. Elle semble moins bête que dans la cour, comme ça, et même je deviens très triste pour elle, parce que sa figure est pâle et que ses cheveux sont en désordre. Ses yeux sont rouges et gonflés comme si elle venait de s'arrêter de pleurer. Elle est marrante, Lydie, avec ses joues en forme de pommes comme dans les dessins animés.

Quand on entre, Mrs Todds est en train de lui dire :

– Voyons, ma chérie, je t'assure... Tu n'as pas à avoir peur... Ce n'est que le vent et les branches qui grattent le toit, voilà tout... Le docteur ne va plus tarder, je pense. Il a eu une urgence de dernière minute. Il a promis de passer avant le dîner.

Lydie n'a pas l'air convaincue. Elle nous aperçoit et lance :

– Chic ! Plein de monde !

Mrs Todds comprend qu'elle est de trop et s'esquive. On se retrouve seuls dans la chambre qui sent le médicament et la petite fille.

– Tu peux être fière de toi, dit Nan. Tu auras réussi à embêter tout le monde. Quand le docteur sera là, tu vas passer un mauvais moment.

Lydie fait une drôle de tête. Elle se met à trembler. Des larmes lui montent aux yeux. Je m'approche d'elle et je lui prends sa main qui est toute chaude. Je n'y connais rien mais on dirait quand même qu'elle est vraiment malade et que ce n'est pas du chiqué.

– Tu as mal au ventre ? je demande, comme fait le docteur quand il vient à la maison.

Elle secoue la tête sans répondre. Elle frissonne comme si elle avait froid, mais je sais bien qu'elle n'a pas froid. Elle regarde vers la fenêtre. C'est vrai que les branches des sapins grattent le toit.

– Tu as peut-être mangé trop de bonbons en cachette ?

Je demande ça parce que sur cette maladie-là, j'en connais un rayon.

– Il y a quelqu'un qui bouge entre les arbres, répond Lydie. J'ai vu des yeux dans la neige.

– Tu ne vas pas remettre ça ! s'exclame Nan. C'est des idioties que tu inventes pour ne pas aller à l'école.

Alors Lydie se met à pleurer pour de bon en disant que personne n'est gentil avec elle, et qu'elle a très peur, et qu'elle ne veut plus rester dans la maison. Jusqu'ici, Harold a observé sans rien dire. Il est allé à la fenêtre et il a longuement regardé au-dehors.

– Il n'y a personne.

Il s'approche de Lydie et pose sa main sur son front. Elle ferme les yeux, comme si ça lui faisait du bien. Elle semble même ne plus respirer. C'est vrai qu'il a l'air d'un vrai docteur quand il veut, Harold.

– Chhhhh... Chhhh... il fait d'une voix douce. De quoi as-tu peur Dollaby Lonn... De quoi as-tu peur ?

Je n'en reviens pas. Il lui parle comme aux arbres dans la forêt, en inventant des mots dans une langue qui n'existe pas. Lydie soupire un peu, à la façon des filles quand elles ont un gros chagrin.

– La neige a des yeux, elle dit d'une voix endormie. Et elle tape au carreau...

– Plus peur, répond Harold et je l'entends à peine parce qu'il parle très bas. Plus peur. Je suis là. Je surveille. La neige annonce l'hiver, c'est tout. Elle n'a pas d'yeux.

– Moi, j'ai vu des yeux. Et aussi quelque chose qui bouge entre les arbres.

– Tu l'as seulement imaginé... La neige est bonne. Elle brille de mille étoiles qui sont toutes ses filles... On les appelle les filles de neige. Celles qui le désirent deviennent des fées, tu sais. Les plus curieuses, en général. Elles prennent alors l'apparence de jeunes filles, belles comme toi, comme Nan... (il regarde Nan, qui baisse les yeux en rougissant. Ce que c'est bête, les filles, quand même !). Alors elles partent à la recherche d'un merveilleux prince à aimer...

– Les princes ça n'existe plus...

– Si. Mais loin d'ici, dans des lieux retirés du monde, répond Harold. Et quand elles trouvent ce prince, elles l'aiment si fort qu'elles en oublient le retour du printemps et fondent entre leurs bras.

– Mais c'est très triste...

Je trouve aussi.

– Non, poursuit Harold. Car alors devenues gouttes d'eau, elles rejoignent la rivière et deviennent princesses ailleurs, dans les mers lointaines...

Il enlève sa main du front de Lydie, et elle ouvre les yeux. On dirait qu'elle vient de sortir d'un rêve. Elle sourit à nouveau. Elle semble plus calme. Elle va nous dire quelque chose, mais juste alors, Mrs Todds revient avec un verre de lait. C'est bien dommage que les adultes débarquent toujours au mauvais moment.

Elle n'est pas seule. Le Dr Lifford entre derrière elle. Il a le nez très rouge et de la neige collée sur ses sourcils gris. Harold s'écarte très vite dans un coin, comme s'il avait fait une bêtise et craignait d'être grondé.

– Bonsoir, jeune sirène ! Bonsoir, vous autres, lance le docteur qui a une grosse voix très grave. Eh bien ! j'ai cru entendre un conte tout à fait délicieux en arrivant ! Des contes pareils valent bien tous les médicaments, à mon avis. Je ne te savais pas ce talent, Harold ! As-tu d'autres histoires comme celle-ci ?

Harold ne répond pas. Il reste immobile dans son coin.

Le docteur n'insiste pas. Il s'assoit près de Lydie, au bord du lit et ouvre sa trousse en nous souriant. On se penche pour voir l'endroit où il range les grosses piqûres qui doivent faire très mal. Mais il ne s'en sert jamais sur nous. Il est gentil, le Dr Lifford. Il sort de chez lui par n'importe quel temps pour venir nous soigner, même la nuit, et on est déjà moins malade quand on le voit. C'est un grand bonhomme très costaud, avec des lunettes comme tous les vrais docteurs.

– Bon, les enfants, dit Mrs Todds, vous allez sortir, maintenant. Le docteur va ausculter Lydie. Ce n'est pas grave, allez. Elle retournera à l'école lundi au plus tard. Merci de ta visite, Ed, et toi aussi Harold.

Elle a encore ce regard bizarre pour mon copain et puis elle nous pousse gentiment dehors. Dommage, j'aurais bien aimé voir le docteur ausculter Lydie, lui mettre une cuillère dans la bouche, lui appuyer sur le ventre.

Nan nous raccompagne jusqu'à la porte. Elle glisse à Harold :

– Comment tu connais toutes ces histoires ?

– Je les connais.

– Ce sont que des histoires, hein ?

– Bien sûr.

– Tu m'en raconteras d'autres, dis ? À moi toute seule ?

– Un jour, oui...

Il semble à nouveau triste. J'aurais été bien content qu'elle me demande une histoire, à moi, même si celles que je connais sont moins belles que celles d'Harold et racontent souvent les aventures d'un petit garçon trop gros à qui il arrive plein de malheurs.

Devant la porte, Nan pose un bisou sur la joue d'Harold, et puis elle nous met dehors. On reste une seconde plantés là, tout bêtes, dans le froid. Moi, c'est parce que l'idée de rentrer seul dans le crépuscule ne m'amuse pas vraiment. Harold, c'est à cause du bisou qu'il n'attendait pas.

– Bon, viens, on y va, je fais en le tirant par la manche.

– Non. Je vais attendre que le docteur s'en aille.

– Harold, je vais être en retard et ça va encore barder. Toi, tu ne te rends pas compte, ton grand-père te dit jamais rien.

– Je ne t'oblige pas à rester, Ed.

Il répond durement, et ça me fait un peu mal au cœur parce que je n'ai pas mérité ça.

Puis il ajoute en me tapant sur l'épaule :

– Ça ne sera pas long. Assieds-toi là. (Il montre le billot sur lequel on coupe le bois.)

Quand le docteur sortira, tu siffleras comme ça...

Et là, il fait un drôle de son que je ne suis pas sûr de pouvoir copier. Puis sans crier gare, hop, il file !

– Hey ! Où tu vas ?

Il est gonflé, c'est vrai, ça ! Il me laisse tout seul à poireauter sur ma souche, et disparaît derrière la maison pour aller chercher je ne sais pas quoi. J'ai froid aux oreilles. Je compte jusqu'à cent et après je m'en vais, parce que je commence à avoir aussi peur du noir que de la correction que je vais prendre en rentrant. Non, mais !

J'en suis à quatre cent douze quand le Dr Lifford sort de la maison. Il m'aperçoit assis sur mon billot avec l'air d'une endive congelée. Je voudrais bien essayer de siffler, mais j'ai les lèvres comme deux bâtons de craie. Je peux faire « Vvvv... Mmmm » et c'est tout.

– Qu'est-ce que tu fiches ici ? il fait le docteur, pas content du tout. Tu cherches à me donner du travail en plus, ou quoi ?

Mais où est passé Harold ?

Juste comme je me pose la question, le voilà qui surgit de derrière la maison. Il va vers le docteur.

– Qu'est-ce que vous fabriquez, tous les deux ? Vous m'attendiez ?

– On voulait savoir si Lydie va guérir, fait Harold.

– Eh bien c'est très gentil de votre part de vous inquiéter pour elle, mais à mon avis, c'est le cas typique d'une petite fille qui ne veut pas aller à l'école. Ça fait la troisième aujourd'hui. Vous n'avez pas à vous en faire, vraiment.

– Vous croyez ? insiste Harold qui n'a pas l'air convaincu, et pourtant le docteur connaît plus de choses que tout le monde.

– Oh ! si tu veux parler de son histoire d'yeux dans la neige, tu apprendras plus tard que les filles inventent des tas de choses auxquelles elles croient dur comme fer. Et quelquefois les garçons aussi, d'ailleurs.

Là, il regarde Harold fixement.

– Allons, tu n'as aucun souci à te faire. Maintenant, rentrez chez vous tous les deux. Il se fait tard.

On obéit. Harold a un air tout drôle. Il a peut-être peur de rentrer seul par le chemin de la colline, ce qui m'étonnerait parce qu'il le prend souvent par n'importe quel temps. Et puis Harold n'a pas peur de grand-chose. Mais ça ne doit pas être marrant d'habiter aussi loin.

Il ne s'est pas trompé. Au moment de nous séparer, la neige se remet à tomber, et ça vous donne froid dans le cou. Je ne suis plus sûr que les flocons deviennent des fées très jolies comme Nan et la maîtresse.

Je cours le plus vite possible me réfugier à la maison...

DISPARITION

Je suis le premier à table et j'ai déjà les mains jointes pour faire la prière. Du coin de l'œil, j'observe mon père qui vient de s'asseoir à sa place. Il a son air sévère du dimanche quand il raconte les aventures de Jésus. (Jésus, c'est un berger terrible à qui il est arrivé plein de choses il y a longtemps.)

Il bénit ce qu'on va manger et c'est pas des choses que j'aime tellement, surtout qu'il y a du poisson. Quand il a fini, il déplie sa serviette et se tourne vers moi en fronçant les sourcils.

– Nous avons à parler, tous les deux !

En général, ça présage toujours des tas d'ennuis pour moi. Je me demande comment il a pu savoir que j'étais en retard puisqu'il n'y avait personne à la maison quand je suis rentré.

Ma mère fait semblant de souffler sur le potage.

– Tu as encore traînassé après la classe, continue mon père. Et en plus avec ce voyou de Sanghorn. Ne prétends pas le contraire, Mr Dern, le garde forestier, vous a surpris en train de vous battre...

Et naturellement, Mr Dern s'est empressé d'aller rapporter comme un vulgaire cloporte. S'il avait mon âge, il aurait du souci à se faire pour la récré de demain. À l'école on ne se dénonce jamais, même si on ne s'aime pas trop, on préfère se faire tous punir plutôt que de donner celui qui a fait l'andouille et mis de la craie partout sur la chaise de la maîtresse.

– C'est pas nous ! C'est Williams et sa bande qui...

– Ne dis pas de mal de Williams ! Son père est un homme très bien, qui doit s'occuper seul de son fils depuis la mort de sa femme. Il va chaque dimanche au temple, lui. Ce n'est pas comme les Sanghorn.

Il regarde ma mère pour chercher son soutien. Comme elle s'obstine à fixer son assiette, il hoche la tête en pointant son doigt vers moi.

– Combien de fois t'ai-je dit de laisser tomber ce gamin ? Il a une mauvaise influence sur toi. C'est un vagabond qui passe son temps dans la nature. Il est mal élevé et n'assiste jamais au culte. J'ai souvent reproché à son grand-père de ne pas mieux le surveiller. Mais ce vieux bouc ne veut rien entendre et croit qu'il n'y a pas de mal à ce que les enfants soient livrés à eux-mêmes. Je ne veux plus te voir en sa compagnie, tu entends ?

Moi, je vais encore raconter mon histoire qui est vraie et dire que c'est la bande à Williams qui nous est tombée dessus. Williams, s'il va au temple, ça ne le rend pas moins bête. Et Harold, il est très bien élevé et pas du tout comme il croit. Ma mère me coupe pour le refrain habituel :

– Écoute ton père, mon chéri, c'est pour ton bien.

J'ai envie de pleurer et je regarde la soupe orange dans mon assiette où j'aimerais bien disparaître tellement je suis malheureux. Les grandes personnes, c'est toujours pareil, elles n'écoutent que les autres grandes personnes et jamais nous.

– Merde à la fin, c'est vraiment pas juste.

J'ai dit ça à voix haute et j'ai eu tort.

Mon père devient tout rouge. Il dit que c'est une honte sous le toit du Seigneur et il m'envoie dans ma chambre avec son grand doigt de pasteur.

Tant mieux. De toute façon, je déteste le poisson.

Mon village ressemble ce matin à une île perdue sur une mer toute blanche et immobile. Les arbres sont barbus de neige et c'est vrai que ça ne donne pas vraiment envie d'aller à l'école. On a froid rien qu'en regardant par la fenêtre. Je resterais volontiers couché en faisant le malade si seulement je n'avais pas si faim. Parce que quand je suis malade, j'ai juste le droit de boire du bouillon, et le bouillon, c'est dégoûtant.

Mon père a sonné la cloche à huit heures pour réveiller tout le monde, juste comme je rêvais à des hamburgers juteux. Vous pouvez rire, mais c'est très dur pour un garçon gros comme moi de sauter un repas, même avec du poisson au menu.

Dans la cuisine, ça sent les cookies et les flocons d'avoine. J'ai beau manger vite, j'ai pas le temps de tout finir. La pendule avale les minutes comme moi les gâteaux. Je prends vite mon cartable et je fonce.

Ce matin, la maîtresse nous annonce qu'on va faire un peu d'histoire et de géographie pour changer. Elle a même apporté des diapositives supers qui montrent des paysages qu'on ne connaît pas avec plein d'animaux bizarres, mélanges de cheval et de chameau. On voit des hippopotames avec des bébés sur le dos, et Williams, qui n'en rate jamais une, se penche sur moi et imite le cochon, ce qui fait beaucoup rire sa bande et quelques autres tout aussi tarés. Miss Baldwin se retourne sans rien dire, mais moi, je peux vous garantir qu'il vient de se faire repérer et que le prochain coup, ça va friter.

Évidemment, ça me ferait plaisir, mais pas autant que si je pouvais lui allonger une beigne, quitte à prendre des lignes du genre : « Je n'envoie pas mon poing dans le nez d'un camarade pendant le cours d'histoire-géographie. » À tous les temps et à tous les modes, ça fait beaucoup, je vous le garantis. Mais le plaisir serait à la hauteur.

Harold reste indifférent à ces idioties. Il a les yeux fixés sur l'écran. Il occupe exceptionnellement la chaise vide à côté de moi. Ma voisine habituelle – c'est Nelly Launder, une fille nulle qui fait plein de grimaces – s'est discrètement repliée dans le fond de la classe pour pouvoir chahuter tranquille avec sa copine Pamela.

Franchement, je ne vois pas ce que mon père peut reprocher à Harold, à part qu'il ne va jamais au temple et qu'il est bien plus libre que moi. On voit qu'il ne connaît pas les autres. C'est chouette d'avoir Harold à côté, surtout que les diapositives, ça le passionne visiblement. Je vous l'ai dit, il adore les arbres, les montagnes, et tout ça. En plus il connaît des tas de choses, autant que la maîtresse, à mon avis. Du coup, moi aussi ça m'intéresse bien.

Malheureusement, il y a un imbécile qui vient d'ouvrir la porte et on est tout éblouis parce qu'on était dans le noir, ce qui est normal pour regarder des diapositives.

Je vais râler – je râle volontiers – mais c'est le directeur et je préfère me mordre la langue. Le directeur a de grosses lunettes moins jolies que celles du docteur et une moustache... on dirait qu'elle remplace sa bouche. Il parle par en dessous, et il a une voix forte qui fait peur.

– Je m'excuse d'interrompre votre séance, Miss Baldwin, mais j'ai besoin de faire une communication urgente aux enfants.

La maîtresse se dépêche d'allumer les lumières. Elle n'a pas l'air plus rassurée que nous. C'est que le directeur n'est pas seul. Mr Dern se tient derrière lui.

J'ai tout d'un coup une grosse boule dans la gorge et je me mets à transpirer. Je ne dois pas être le seul dans ce cas-là parce que j'entends Williams qui couine comme un chat à qui on vient d'écraser la queue. Quant à Harold, il ne bouge plus. On dirait une statue. On s'attend au pire. Rapporteur comme il est, Mr Dern a dû raconter qu'on s'était battu hier et tout...

– Bien, fait le directeur, et je m'attends à ce qu'il appelle des noms, comme d'habitude quand c'est très grave.

Mais il n'appelle personne. Il nous regarde en fronçant les sourcils.

– Vous connaissez Mr Dern, je pense... Il veille à ce que notre forêt soit toujours belle et que tout le monde ait assez de bois pour l'hiver.

La maîtresse baisse un peu la tête, et ça c'est parce qu'elle doit connaître Mr Dern un peu mieux que tout le monde.

– Mr Dern est venu me trouver ce matin et il est très en colère. Non seulement il a découvert beaucoup de jeunes sapins saccagés, ceux-là mêmes qu'avaient plantés vos aînés l'an passé...

Le directeur s'arrête une seconde pour pouvoir mieux observer notre réaction, et notre réaction c'est de serrer les fesses, si vous voulez savoir.

– ... Mais par-dessus le marché, il m'assure qu'on a pillé des réserves de bois. Ainsi, au vandalisme s'ajoute le vol qualifié. Est-ce par jeu stupide, par défi, par vengeance, quelles qu'en soient les raisons je vous garantis que nous retrouverons le ou les auteurs.

Il y a un grand silence dans la classe, que la maîtresse n'aurait jamais rêvé obtenir, même en criant très fort. Mais ça ne semble pas lui faire plaisir pour autant.

– Nous pensons que les responsables sont dans cet établissement. Hormis de jeunes sots, nous ne voyons personne dans les environs capable de tels sacrilèges. Si l'un de vous sait quelque chose, il est prié de bien vouloir se présenter à mon bureau. Jusqu'à ce soir, les coupables n'encourront pas d'autres sanctions que disciplinaires. Passé ce délai, ils tomberont sous le coup de la loi et auront affaire au shérif Doyle. Je vous laisse méditer ces paroles.

Tout le monde se regarde, Harold fait une drôle de tête. Je ne sais pas s'il a peur du directeur, ou s'il est consterné par la destruction des sapins. Lui, il aime tellement les arbres que ça ne m'étonnerait pas.

– Voilà ce que j'avais à dire. Miss Baldwin, vous pouvez continuer.

Il s'apprête à sortir, mais juste à ce moment, ce crétin de Williams, qui n'en fera jamais d'autres, se met à pouffer de rire... Et à mon avis il a eu tort. Le directeur, c'est un rapide. Rien ne lui échappe. Il se retourne et, crac, il pointe son doigt vers le roi de la cour de récré, le grand-maître des andouilles, lequel semble soudain devenir minuscule.

– Si cela vous amuse, monsieur Williams, c'est que vous ignorez l'importance de la forêt et de la nature. Pour commencer votre éducation, vous irez déblayer la neige dans la cour après la classe. Puis lorsque vous aurez terminé, vous viendrez me voir dans mon bureau. Vous devez avoir beaucoup de choses amusantes à raconter... Nous rirons ensemble, si vous voulez.

Et toc, il ne l'a pas volé. Mais ça ne réjouit personne de le voir tout blanc avec la tête dans ses mains. La maîtresse ne dit rien. Elle fait éteindre les lumières et la projection continue.

Le cœur n'y est plus. Chacun bavarde dans son coin en se demandant qui a bien pu saccager les arbres.

Finalement, la maîtresse arrête la séance parce qu'elle en a assez de ces « Bzzz – Bzzz » dans son dos, comme elle dit. Elle s'aperçoit que Nelly Launder a changé de place et fait des grimaces avec Pamela.

– Nelly, va faire un tour dehors, ça te calmera !

Elle est très énervée elle aussi, la maîtresse, depuis l'intervention du directeur. Je pense que ça ne serait pas bien pour elle qu'on trouve le coupable dans sa classe.

– Oh non, madame ! elle clame, Nelly.

Mais Miss Baldwin tient bon et Nelly prend la porte. Elle pourra en profiter pour roder de nouvelles grimaces.

Harold la suit des yeux par la fenêtre.

– Ne la plains pas, c'est une andouille ! je lui dis.

– Il fait froid dehors, répond Harold.

C'est vrai que Nelly ne forme qu'une petite tache rouge toute triste au milieu de la cour.

– Ed et Harold ! crie la maîtresse. Vous tenez à rejoindre votre camarade dehors ?

On baisse la tête. Elle est à cran, Miss Baldwin. Elle nous ordonne de prendre nos cahiers pour faire une dictée et on obéit sans rien dire, ce qui n'est pas le cas d'habitude car personne n'aime vraiment la dictée.

Au bout d'un moment, je regarde à nouveau dans la cour, mais je ne vois plus Nelly. La cloche de midi sonne.

Franchement, il fait si froid qu'on aurait préféré passer la récré à l'intérieur, près du poêle. Mais il paraît qu'on doit pas rester dans la classe quand c'est l'heure d'aller dehors. C'est le règlement. Et celui qui l'a pondu, le règlement, il devait habiter dans le sud avec vue sur la plage. On a de la neige jusqu'aux genoux, et je peux vous dire que Williams il a un sacré boulot qui l'attend, et qu'il n'est pas près de rentrer chez lui ce soir. Il doit le savoir, à mon avis. Il pleure dans son coin et sa bande de fiers-à-bras l'entoure pour le consoler. Il y a aussi des filles qui essaient, mais elles, c'est surtout qu'elles sont terriblement curieuses et qu'elles veulent toujours avoir des trucs à raconter aux autres.

Les autres, on bavarde. Chacun veut donner sa version rapport au vol de bois. Les filles, elles accusent Jérémy parce qu'à la dernière excursion, il n'arrêtait pas de leur montrer son zizi en cachette de la maîtresse. Quelqu'un dit même que ça pourrait être le directeur – et ça je trouve que c'est plutôt futé, ça fait comme dans les feuilletons à la télé où c'est pas celui qu'on croit qui a fait le coup, mais l'autre, le gentil.

On décide d'en profiter pour jouer aux détectives. Une occasion pareille, c'est rare. À ce jeu, faut avouer, Cyrus est imbattable. Cyrus, c'est celui qui raconte toujours des histoires pas possibles où c'est lui le héros, bien sûr. Comme la fois où il a prétendu avoir donné une raclée à son père, et nous on a bien rigolé parce que son père – c'est Mr Peabody qui tient la station-service – il est trois fois plus grand que lui.

Cyrus, il n'arrête pas. Il a tout vu, il a tout fait, il a tout compris, et le pire c'est qu'il le croit.

Enfin bon, on se moque de Cyrus mais ça ne nous empêche pas d'écouter ses sornettes. Là, il a trouvé le bon filon. Un petit groupe s'est déjà formé autour de lui. Il parle à voix basse, avec un air entendu et mystérieux.

On s'approche avec Harold. Moi parce que je suis curieux, lui parce que Nan le cherche et qu'il n'a pas très envie de lui parler devant tout le monde.

– Moi je sais qui a fait le coup, dit Cyrus. Ça s'est passé la nuit dernière et j'ai tout vu... Je ne dormais pas et j'avais très soif. Je me suis levé pour prendre l'eau qui est sur ma table de nuit. Et puis j'ai regardé un peu par la fenêtre, comme je fais souvent. Ma fenêtre, elle donne sur la rivière. Vous me croirez pas si je vous le dis...

Et nous :

– Mais si, mais si, raconte !

– Eh bien...

– Alors ! Alors !

– J'ai vu une vieille qui passait le pont avec plein de bois sur le dos.

– C'est même pas vrai, lance une fille.

De quoi je me mêle ?

– Si c'est vrai ! répond Cyrus, très fâché. C'était une vieille bonne femme mal habillée avec de longs cheveux blancs et qui marchait toute courbée, là ! Même que j'ai eu drôlement peur parce qu'à un moment, elle s'est retournée de mon côté. J'ai vu ses yeux... C'étaient des yeux qui brillaient dans le noir !

– Pffeu ! fait la fille.

Elle a tort. En général, dans ses histoires, Cyrus n'avoue jamais qu'il a eu peur. C'est une grande première.

– Puisque je vous le dis !

– Elle allait vers la forêt ? demande soudain Harold.

Là, je suis soufflé. Si Harold s'en mêle, maintenant ! Je présume qu'il a envie de blaguer. Mais il a son air sérieux, son air de docteur, comme dirait Nan. Nan, justement, je la vois qui se glisse derrière lui sans faire de bruit.

– Ouais, il dit Cyrus, tout content de trouver quelqu'un qui s'intéresse à ses bobards. Justement, elle a traversé le pont et elle s'est sauvée de l'autre côté. J'ai vraiment eu la trouille. Elle ressemblait à...

On ne saura jamais ce qu'il voulait dire, parce que juste à ce moment, une boule de neige lui atterrit en plein nez et on se met tous à rigoler et à faire pareil. On n'a plus très envie de jouer aux détectives. Cyrus est obligé de se sauver, et il va pleurer dans son coin en disant qu'on est des ingrats et qu'il ne nous parlera plus jamais. Décidément, tout le monde pleure ce matin.

Maintenant, la cour s'est transformée en champ de bataille. C'est super. Je ramasse une grosse boule et j'aligne une fille en plein dans le cou. Bim ! Elle me traite de gros lard en devenant rouge comme une tomate.

Terrible. On en reçoit autant qu'on en donne, et Williams court dans tous les sens pour arrêter ça, parce qu'après c'est lui qui doit nettoyer.

Nan a attrapé Harold par la manche et l'entraîne à l'écart. Moi je les suis, même si j'aurais préféré continuer à lancer des boules. Mais en même temps, je voudrais bien savoir ce qu'ils se disent. Et pas parce que je suis jaloux, notez bien. Juste un peu curieux... et bon, un peu jaloux aussi.

– Eh, Willoughby ! crie Nan en se retournant vers moi. On ne t'a jamais dit que tu étais un vrai pot de colle ?

C'est pas gentil de me dire ça. Je sens mon

cœur se briser. Je reste planté là. Bête et vexé.

– Attends, dit Harold. Ed est mon meilleur copain. On vient ensemble ou pas du tout.

Nan hausse les épaules. Elle me lance un regard méprisant. Je crois que je l'ai perdue pour toujours. J'ai envie de mourir pour qu'on fasse enfin attention à moi. Nan dit :

– Lydie ne va pas bien. Elle est vraiment malade et maman est inquiète. Elle n'arrête pas de pleurer, elle tremble tout le temps. Elle ne veut plus qu'on éteigne les lumières dans sa chambre. Le docteur est revenu ce matin. Mais il dit toujours qu'elle n'a rien.

Harold hoche la tête sans répondre.

Et moi je pense : « Pauvre Lydie, je ne lui tirerai plus jamais les nattes... »

– Qu'est-ce que je peux faire ? demande Nan. Je suis sûre maintenant que c'est pas des bobards. À mon avis, il y a quelque chose... Je veux dire, ces histoires d'yeux dans la neige, autour de la maison...

Mais la cloche sonne et on nous oblige à rentrer. C'est une veine, je suis gelé.

La maîtresse nous annonce qu'on doit ouvrir le cahier de géométrie. Elle semble un peu plus calme. Elle commence à écrire au tableau en suivant sur un livre.

– Nelly ! Pour te réchauffer, tu vas venir m'indiquer le nombre de pointes et de côtés de cette nouvelle figure...

Tout le monde se retourne. Nelly n'est pas là. Elle n'est ni à côté de moi, ni à côté de Pamela.

– Où est Nelly ? demande la maîtresse, intriguée.

Nous on ne sait pas. On ne l'a pas vue depuis qu'elle s'est fait mettre à la porte. On l'a même pas vue au déjeuner. Du coup, Pamela se met à pleurer en disant qu'elle l'a cherchée partout à la récréation et qu'elle n'y était pas. La maîtresse prend la chose au sérieux. Elle interrompt la classe en nous faisant promettre de rester sages, et elle monte voir le directeur. Nous on en profite pour mettre un peu de pagaille, et Williams, il est marrant parce qu'il essaie de nous en empêcher. À mon avis, c'est qu'il a peur de prendre une nouvelle punition. Déjà qu'il doit déblayer la cour... et on l'a mise dans un drôle d'état, la cour. Harold en profite pour se glisser jusqu'à moi. Je lui demande :

– Tu l'as vue, Nelly, toi ?

Harold remarque toujours tout. Mais il fait non de la tête. Lui, il ne fait jamais l'andouille. Mais cette fois il semble nerveux. Je trouve qu'il est souvent nerveux ces derniers temps, Harold. Là, c'est à cause de Nelly, sûr. Pourtant, Nelly, ce n'était pas sa copine. Elle lui faisait toujours plein de grimaces et se moquait de lui.

– Elle est peut-être retournée chez elle ?

– Sans la pagaille que vous avez mise pendant la récréation, on aurait pu suivre les traces, dit Harold.

Il a raison. Mais c'est trop tard. Il faut dire qu'Harold est un vrai chef pour ce qui est de suivre une piste. Ça vient probablement du fait qu'il se promène souvent seul dans la forêt.

À ce moment, la maîtresse revient avec le directeur.

– Mes enfants, dit le directeur. L'une de vos camarades a disparu. Elle est probablement rentrée chez elle. Ne vous alarmez pas. Nous allons la retrouver rapidement. Miss Baldwin, vous pouvez continuer la classe.

Le directeur repart. La maîtresse s'assoit à son bureau.

Elle est toute blanche. Je la plains de tout mon cœur.

– Prenez un livre. Celui que vous voulez. Lecture silencieuse...

Nelly n'était pas dans une autre classe. Elle n'était pas cachée dans les lavabos. Elle n'était pas rentrée chez elle. Miss Baldwin pleure et le directeur fait de son mieux pour la rassurer. Les parents de Nelly arrivent là-dessus. On les a fait prévenir par téléphone. Ils n'ont pas l'air contents. J'aurais bien aimé voir ce qui allait se passer, mais ce n'est pas possible parce que le directeur nous fait évacuer la classe.

Nous, on n'est pas contre un supplément de récréation.

Un peu plus tard, la voiture de Mr Doyle s'arrête devant l'école. Mr Doyle descend. Il nous fait un petit signe amical et tout le monde regarde la crosse du revolver qui lui pend au côté, un vrai revolver comme dans les films à la télé.

COUP MONTÉ

Mr Sanghorn, le grand-père d'Harold, est un monsieur avec une barbe grise et plus beaucoup de cheveux. Mais il n'a pas l'air si vieux que ça pour un grand-père. Il a dû être très costaud quand il était jeune, ça se voit. Il l'est toujours. Sûr qu'il ne faudrait pas lui chercher des crosses. Il porte un gilet rouge en molleton comme les autres gars de la scierie et un bonnet noir sur la tête. Il était certainement habillé pareil il y a longtemps, quand il était encore un trappeur. Et c'est vrai qu'il était trappeur. Il allait dans la forêt pour tuer des loups, des loups terribles aux yeux rouges, et même qu'il a une tête dans sa salle à manger juste à côté de son gros fusil. Je l'ai vue et je vous jure que c'est une vraie, et que je n'aimerais pas l'avoir dans ma chambre. Il la connaît bien, la forêt, et il n'en a pas peur. Il l'a parcourue dans tous les sens, à ce que dit Harold, jusqu'aux grandes montagnes du nord.

Maintenant qu'on n'a plus le droit de tuer les loups, il travaille à couper les planches chez Mr Todds, qui est le papa de Nan et aussi le plus riche du village, et à mon avis ça doit beaucoup moins l'amuser.

Mon père ne l'aime pas beaucoup, Mr Sanghorn, parce qu'il ne met jamais les pieds au temple et que toutes les histoires sur Jésus ont plutôt l'air de le faire rigoler. Et je vous jure bien qu'il ne faut pas rigoler de Jésus devant mon père, sinon il devient tout rouge et très fâché. Moi aussi je ne serais pas content si on disait du mal du seigneur des Mutants qui passe à la télé. Quand la télé n'est pas en panne.

Tous les vendredis, Mr Sanghorn vient chercher Harold avec sa vieille camionnette parce qu'il finit plus tôt à la scierie. D'habitude, il dit en me voyant :

– Salut, Ed ! Faudra penser à manger moins de gâteaux, pas vrai ?

Et je réponds que oui, je ferais un effort, même si c'est un mensonge. Mais aujourd'hui, il ne dit rien. Il vient vers nous en mâchonnant sa pipe. Il est pas comme d'habitude.

– Hey les gars, elle est dans votre classe, la petite Launder ?

Nous on répond que oui, et on lui raconte tout ce qu'on sait, que Nelly elle faisait des grimaces au fond de la classe, que la maîtresse l'a mise à la porte et qu'après on ne l'avait retrouvée nulle part.

– Elle a fichu le camp, j'ai l'impression. C'est rien qu'une fugue, à mon avis. On va vite la retrouver. Des fois, il se passe de drôles de choses dans la tête des filles.

– Ça, c'est bien vrai.

– Au fait, j'espère que vous n'êtes pas dans le coup, vous deux...

Il nous toise en fronçant les sourcils.

– Dans le coup pour quoi ? demande Harold.

– Toute la ville en parle, fils. Il y a eu des vols de bois, cette nuit, et aussi la nuit d'avant. Sans compter les jeunes pousses qu'on a volontairement arrachées.

On avait presque oublié cette histoire. Elle semble insignifiante à côté de la disparition de Nelly, maintenant. Harold hausse les épaules, comme si cette question était inutile.

– Personne de l'école n'a fait ça.

– Pourtant, il faut bien que ce soit quelqu'un d'ici qui ait fait le coup, et à part vous autres, les gamins...

– Pourquoi pas des braconniers ? Ou des gens de passage ?

Il a raison, Harold. C'est énervant, à la fin, de se faire accuser parce qu'on est les plus petits et qu'on ne peut pas se défendre.

– C'est forcément des gens d'ici, fils. Les

routes vers la vallée sont coupées par la neige. On les aurait forcément vus. Avec ce froid, ils se seraient ravitaillés. Mais bon. Si c'est pas vous, c'est pas vous. C'est quand même bizarre, cette histoire. Ed, mon gars, on te dépose quelque part ?

Je dis que non, que j'ai des courses à faire et c'est vrai puisque je dois passer chez Mr Hackendown pour acheter des smash-gums. Alors Mr Sanghorn remonte dans sa camionnette et démarre. Harold me fait un signe par la portière juste avant le virage. On ne va plus se voir avant lundi et c'est dommage.

– Ed ! Attends un peu !

Je me retourne. C'est Nan. Elle vient de quitter ses copines et vient vers moi. Je suis étonné. D'habitude, elle ne m'adresse jamais la parole après la sortie. Et même avant, c'est plutôt rare. Sûr que ce n'est pas gratuit. Elle va me demander un service. Les filles, c'est toujours comme ça. Elles vous ignorent jusqu'au jour où elles ont besoin de vous, et alors elles se font tout miel et tout sucre, et elles roulent des yeux avec leur plus beau sourire. Mais je vais l'envoyer balader et ça ne va pas faire un pli, parce qu'elle m'a appelé pot de colle à la récréation pour rester seule avec son chéri d'Harold.

– Si tu attends ton fiancé, il est déjà parti avec son grand-père.

– Oh, c'est pas malin, Ed ! Non, c'est toi que je voulais voir. Je dois te demander un truc...

Elle est près de moi. Elle me touche presque. Je sens même l'odeur de ses cheveux qui dépassent de son bonnet rouge et ça me rend tout chose. J'ai envie de lui passer mon bras autour du cou et de la serrer très fort contre moi. Elle va certainement fondre en larmes en me suppliant de lui pardonner, et qu'elle m'aime très fort en secret même si elle l'a jamais montré devant les autres et que...

– Tu peux me demander n'importe quoi, je dis, tu sais bien...

– Merci, Ed. Tu es vraiment un bon copain. Il faut que tu décides ton père à venir voir Lydie.

Je redescends de mon petit nuage rose. Mon cœur se brise avec un bruit de verre comme dans les dessins animés. Mais les vrais héros ne montrent jamais leur détresse.

– Pourquoi ? Elle va mourir ?

C'est vrai. À la différence du Dr Lifford, mon père va surtout voir les malades quand il n'y a plus rien à faire pour eux. Il m'a expliqué que c'était pour sauver leur âme avant qu'ils aillent au ciel. Mais des âmes, il n'en ramène jamais à la maison et je me demande s'il réussit à tous les coups.

– Non, elle ne va pas mourir, mais elle est très malade, et je crois que ça serait bien si ton père il venait la voir pour la rassurer et lui raconter une histoire comme à l'école du dimanche. Elle aime beaucoup les histoires.

– Oh, c'est ça ? Moi, je ne sais pas s'il voudra.

– Mais tu peux toujours lui demander ? Sois chic, fais ça pour moi...

– Ouais, et j'aurais quoi en échange ?

– Vous les mecs, vous êtes tous pareils. Vous ne faites jamais rien pour rien. C'est écœurant.

– Tu m'accompagnes chez Mr Hackendown ?

– Non, je dois rentrer. J'ai des devoirs.

Elle traverse la rue en boudant. Je regrette un peu ce que je lui ai dit.

– Ne t'en fais pas. Je lui demanderai. Il viendra certainement !

Elle a entendu. Elle se retourne et m'envoie un baiser avec la main avant de s'enfuir en courant. Je deviens si rouge que j'ai l'impression que la neige se met à fondre autour de moi.

Vraiment, je suis fou d'elle.

C'est pas de veine. Je sors juste de chez Mr Hackendown avec des smash-gums plein les poches et sur qui je tombe ? Cet imbécile de Williams et sa bande. Ne me demandez pas ce qu'ils font là à comploter derrière le mur, mais ce qui est sûr, c'est que dans l'affolement, le directeur a oublié que Williams devait déblayer la neige dans la cour.

Je voudrais bien faire demi-tour, mais c'est trop tard. Ils m'ont vu. Ils me courent après, et comme je ne cours pas vite, ils me coincent vite fait.

– Dis donc le gros, où tu vas comme ça ? fait Williams, avec son sourire idiot. T'es plus avec ton copain squelette ?

Et les autres m'entourent en reniflant, l'air crâneur.

– Je te parie qu'il a les poches pleines de bonbons, fait l'un. Tu nous files tes bonbons, gros ?

– Pourquoi, le directeur vous en a pas donné ?

Je serre les poings. Le premier qui touche à mes smash-gums, il en prend un dans le nez. Williams a changé de couleur quand j'ai parlé du directeur. Il regarde autour de lui, comme s'il avait peur d'être surpris. Sûr qu'il n'a pas très envie de se faire remarquer après avoir échappé de si peu à la corvée.

Justement, Mr Hackendown sort de sa boutique en essuyant ses mains au tablier blanc qu'il porte en permanence à la ceinture. On est bien copains, avec Mr Hackendown, peut-être parce que lui aussi il est un peu gros. Il a dû repérer le manège de Williams. Il le regarde d'un sale œil.

– Ils t'embêtent, Ed ?

Ils n'ont plus l'air si fier, maintenant, ces guignols.

– Non, Mr Hackendown„ ça va bien pour le moment.

– Si ça tourne mal, n'hésite pas ; tu m'appelles. J'en connais qui sont en panne de raclées...

Et il retourne à l'intérieur en soufflant sur ses doigts.

– Tu perds rien pour attendre, gros, murmure Williams. Pour aujourd'hui, on te laisse rentrer gentiment chez toi, et tu pourras te goinfrer avec tes bonbons qui collent. Mais en échange, tu vas nous rendre un service... C'est pas moi qui ai piqué le bois. Ni abîmé les arbres. C'est la faute à ce salaud de Dern si j'ai failli être puni. On lui réserve une surprise...

Je voudrais lui faire remarquer que, s'il ne riait pas comme un débile à tout bout de champ, ça lui éviterait des tas d'ennuis, mais il semble vachement remonté contre le garde forestier.

– Tu vas nous aider. Tu vas venir avec nous...

– Ça va pas non ?

– T'es pas d'accord que Dern c'est un pourri et qu'il mérite une bonne leçon ?

Honnêtement, je le pense aussi. Je n'ai pas digéré qu'il ait rapporté l'histoire de la bagarre à mon père.

– Tu vois ? il s'exclame, Williams. Toi aussi,

tu penses que c'est un pourri. Et nous on va pas se laisser faire...

– Et t'as prévu quoi ?

– Demain, c'est samedi. Et le samedi, la maîtresse, elle le passe avec son chéri. Tu comprends ? On va leur flanquer la frousse !

Il a encore son petit rire idiot et il cligne des yeux en direction des autres qui croient intelligent de l'imiter. Moi je ne comprends rien à leurs simagrées.

J'ai bien envie de rentrer et de les laisser discutailler de leur projet tout seuls.

– Minute, gros. Tu pars pas. Demain matin, on passera chez toi et t'as vachement intérêt à être là.

– T'es pas un peu givré ? Je ne veux rien avoir à faire avec tes histoires à la gomme !

– Gros, on va venir te chercher et tu viendras avec nous. Si t'es pas là, je te garantis que l'école ça va devenir l'enfer pour toi.

Il parle comme dans un western mais il n'empêche qu'il n'a pas l'air de blaguer. J'ai la gorge sèche, tout d'un coup. Me voilà drôlement piégé. Pour vous dire, je serais prêt à sacrifier tous mes smash-gums pour qu'ils me fichent la paix. Mais je n'ai pas l'impression que ça les ferait changer d'idée.

– Demain matin, après le petit déjeuner, t'entends, gros ? Allez dégage, maintenant, espèce de larve...

Il me chasse d'un coup de pied dans le derrière, et je détale sous les sifflets et les rires. Il m'a fait rudement mal. J'ai bien envie de pleurer.

À la maison, il n'y a personne parce que c'est le jour où ma mère rend visite à Mrs Lifford, la femme du docteur. Je m'enferme dans ma chambre pour réfléchir. Je suis très malheureux.

J'en ai marre de ce coin perdu. J'ai envie de prendre le car et de partir loin, dans la grande ville où les garçons ils sont certainement plus gentils et ne m'appelleraient pas le « gros » à tout bout de champ. Et comme mes parents ils connaîtraient moins de monde, ils seraient plus souvent à la maison quand je rentre et je ne serais pas obligé de me préparer tout seul mon goûter.

C'est samedi. Il n'y a pas d'école le samedi. Ce matin, la neige monte presque jusqu'au rebord de ma fenêtre. Je ne peux pas aller jouer dans le jardin. De toute façon je n'ai pas envie de jouer. Je n'ai envie de rien, même pas de manger et c'est pour ça que je reste devant mon assiette à faire des ronds dans les céréales.

À cause de la tempête, la télé n'a plus d'image et il neige aussi sur l'écran, ce qui n'est pas de veine.

– Tu n'as pas faim, Ed ? Tu ne te sens pas bien ? demande ma mère.

C'est tellement rare que je n'aie pas faim qu'elle s'inquiète aussitôt. Il ne faudrait pas qu'elle me garde à la maison. Williams n'avalerait jamais une couleuvre pareille.

– Il couve quelque chose, observe mon père qui est encore là en bras de chemise. Il est allé de bonne heure faire une prière au temple...

Et ils se mettent à rire tous les deux...

Ben quoi ! C'est vrai que je suis allé au temple. Mon père est entré et m'a trouvé en pyjama dans l'allée. Il m'a demandé en souriant ce que je faisais là, et moi j'ai répondu que je priais Jésus, pour qu'il guérisse Lydie Todds qui était malade.

Bien sûr, ce n'était pas la vérité vraie. J'étais surtout en train de demander que cet imbécile de Williams ne vienne pas m'attendre dehors après déjeuner, qu'il se réveille plein de boutons partout ou se casse une jambe...

– C'est gentil de penser à ceux qui souffrent, il a dit mon père en s'asseyant à côté de moi. J'aimerais que ça t'arrive plus souvent. La charité est un peu la richesse du cœur...

Il a tout un tas de phrases très jolies comme ça et je pense que c'est pour ça qu'il y a tant de gens qui viennent l'écouter le dimanche.

– Je pars justement faire ma tournée. Je comptais bien passer la voir, tu es content ?

J'avais presque oublié ma promesse à Nan. J'ai répondu que ça serait rudement chouette et que ça ferait très plaisir à Lydie, à sa sœur, et à moi surtout qui avais déjà promis sans lui demander son avis... Il est donc parti chez Nan et moi je suis remonté me coucher.

Il vient de rentrer à l'instant. Il me sourit. Il est de bonne humeur, ce matin. Mon père, il est sévère mais très gentil aussi quand il veut.

– Nelly Launder est dans ta classe, n'est-ce pas ?

Je fais oui de la tête en faisant semblant de manger un peu. Lui, il se sert un café.

– Ses parents sont venus me voir. Ils étaient affolés, les pauvres gens. Leur fille n'est pas rentrée. Personne ne sait ce qu'elle est devenue depuis hier. Tu le sais, toi ?

– Elle a été punie et elle est partie. Mais moi, je pense que c'est cette vieille femme qui l'a emmenée avec elle...

– Quelle vieille femme ?

– Mon copain Cyrus dit qu'il y a une vieille femme qui rôde près de la rivière et qu'elle pique des fagots dans les réserves. Et Lydie Todds aussi a vu quelqu'un près de chez elle. C'est pour ça qu'elle est malade.

Mon père lève les yeux au ciel.

– Miséricorde, voilà longtemps que nous n'avions pas été hantés. La dernière fois, est-ce que ce n'était pas un grand loup noir ? Ou un petit homme vert, peut-être ? Tu te souviens, maman ?

Ma mère sourit en hochant la tête. Moi, je me fâche tout rouge :

– Ouais, mais ça, c'était quand j'étais bébé.

– Tu sais, Ed, poursuit mon père, c'est normal à votre âge d'imaginer tout un tas de choses qui n'existent pas. Quand j'étais petit, mes camarades et moi, on faisait courir le bruit qu'il y avait un fantôme dans les couloirs de notre collège. On en parlait entre nous et on se faisait très peur. L'un l'avait vu sur le toit, l'autre derrière une fenêtre. Nous étions convaincus qu'il existait vraiment. Même, une fois, je l'ai aperçu ! Oh ! très vite. Il est passé au fond d'un couloir, comme ça... Pffuitt ! Plus tard, en devenant grand, j'ai compris que je l'avais rêvé, qu'il n'était qu'une fable.

– Ah bon ?

Il chuchote quelque chose à l'oreille de ma mère.

– En ce qui concerne la disparition de Nelly Launder, reprend-il, le shérif Doyle privilégie l'hypothèse de la fugue. Il pense que la petite a dû être traumatisée par son exclusion de la classe.

Traumatisée, Nelly Launder ? On voit bien qu'il n'a jamais vu son festival de grimaces. C'est une fichue chipie.

LA FORÊT

Jésus ne doit pas travailler le samedi, parce qu'il n'a pas exaucé ma prière. Williams n'est pas couvert de boutons. Il fait déjà le pied de grue devant chez moi, avec deux de ses copains.

– Ce sont des camarades à toi qui sont là dehors ? demande ma mère en écartant le rideau de la cuisine, juste au moment où je sors.

Je ne lui ai rien dit, mais j'ai l'impression qu'elle a deviné quelque chose. Ma mère, je ne sais pas comment elle fait, mais elle arrive toujours à percer mes secrets les plus secrets sans que j'aie besoin de parler, ce qui est très fort. Et pas toujours marrant.

– Euh... oui, on va jouer par-là.

– Tu ne veux pas les faire entrer un instant pour boire un chocolat chaud ?

En voyant ma grimace, elle n'insiste pas.

– Ne sois pas en retard.

Je promets. Et je sors. Dignement.

– Le voilà ! lance Williams, et les autres m'entourent en me tapant gentiment dans le dos.

C'est que ma mère continue de les surveiller par la fenêtre.

– Bravo, gros, t'es pas un dégonflé. Maintenant, on va bien se marrer. Viens avec nous.

– On n'est que quatre ?

– Ça suffit pour ce qu'on veut faire.

Ils m'entraînent hors de vue de la maison et je réalise tout à coup que pour aller chez Mr Dern, il va falloir traverser la forêt pendant un bon moment.

– T'as pas peur qu'on se perde ? je demande.

– Non, on connaît, il y a un chemin.

– Et si on rencontre la vieille femme ?

Williams me toise avec un profond mépris.

– Vous êtes tous givrés avec vos histoires de bébé. Si quelqu'un vient me les casser, je le crève !

Et il me montre un super-canif dont la lame sort toute seule comme dans les films, j'aimerais bien en avoir un pareil.

On dépasse le carrefour que la grand-rue forme avec celle de l'école, puis on longe les murs des dernières maisons, pour ne pas se faire repérer. Il n'y a pas grand-monde en ville, de toute façon. Il est trop tôt. Et puis on est samedi.

Le chemin dont parle Williams est presque entièrement recouvert de neige et on le distingue à peine qui serpente entre les arbres tout blancs. Il fait beaucoup plus froid ici qu'en ville, surtout que le vent souffle fort. Alors ça soulève des nuages poudreux qui vous entrent partout et même dans le nez et ça n'est pas très agréable.

Pourquoi je suis venu me fourrer dans leur histoire ? J'ai le pressentiment qu'on ne va récolter que des ennuis. La vie d'un garçon c'est pas souvent drôle, et ceux qui disent le contraire, c'est qu'ils ont été adultes directement et qu'ils ne deviendront des enfants qu'à la fin de leur vie.

J'ai le pantalon raide de neige. Par endroits, je m'enfonce tellement que les autres sont obligés de me tirer par la manche en m'appelant gros cul, ce qui n'est pas gentil, parce que moi, après tout, j'ai pas demandé à venir et c'est eux qui m'ont forcé. Depuis un moment, on longe la rivière. Elle est devenue toute grise, la rivière, comme du plomb fondu et je trouverais ça très joli si seulement je pouvais m'arrêter pour souffler un peu.

De ce côté, la neige est lisse comme du blanc d'œuf. On est les premiers à marcher dedans et elle fait « scrouish-scrouish » sous les semelles.

Williams, qui marche devant parce qu'il est le chef, fait signe de nous baisser. On arrive en vue de la maison de Mr Dern. Elle est tout en bois avec un enclos autour et on dirait qu'elle a poussé là au milieu des arbres. Je me cache derrière une grosse souche comme j'ai vu faire dans les films, en me roulant par terre.

– Hé, le gros il se prend pour un héros.

– Te prends pas au sérieux, ton pantalon va craquer.

N'empêche, ils se sont planqués eux aussi.

– Faut pas qu'on nous voie, dit Williams, que je trouve plutôt nul comme chef.

J'ouvre la bouche pour dire qu'avant longtemps, on ne se verra plus nous-mêmes, parce qu'un épais brouillard avance entre les arbres, comme une avalanche au ralenti. Mais tout le monde me fait : « Shhhh... » pour m'empêcher de parler. On s'approche de la maison comme des Indiens qui s'apprêtent à donner l'assaut par surprise. La voiture de Mr Dern est rangée sous l'auvent du toit, et il y a de la fumée qui sort par la cheminée. Un moment j'avais espéré qu'il aurait eu la bonne idée de s'absenter, mais c'est raté.

Tout ça ne me plaît pas tellement. Si Mr Dern met la main sur l'un de nous, ça va lui tanner le cuir, je peux vous dire. Et comme je ne suis pas le plus leste...

– Le gros, va voir ce qui se passe par la fenêtre ! commande Williams.

– Puis quoi encore ? Vas-y voir toi-même !

On discute un moment et je ne suis pas content, mais ils sont trois et je suis tout seul. Ils me promettent que si j'y vais pas, ils m'enlèveront mon pantalon et me renverront tout nu en ville, et ils seraient bien capables de le faire, tellement ils sont tarés.

Bien obligé, je me lève et je cours jusqu'à l'enclos pendant que les autres restent planqués à l'abri. C'est chaque fois la même chose, c'est toujours à moi de faire le sale boulot.

Je trouve que je suis allé assez loin comme ça. Je me retourne vers les autres qui rigolent comme des soupières. Williams me fait des grands signes énervés pour que je continue. Alors je me glisse sous la barrière, mais c'est pas commode parce qu'il n'y a pas beaucoup de place. J'arrive à me décoincer. J'avance à demi courbé pour ne pas me faire voir. Technique sioux. Je m'approche doucement de la fenêtre. Ma tête arrive juste à la bonne hauteur pour regarder à l'intérieur.

Et je vois. Il y a Mr Dern et aussi la maîtresse. Ils me tournent le dos. Ils sont sur le canapé en train de regarder la télé. Ça me fait drôle de voir la maîtresse en dehors de l'école. Elle n'a pas l'air du tout la même. Elle a posé sa tête contre l'épaule de Mr Dern et lui il a le bras autour de son cou, ce qui me rend très jaloux car personne n'a le droit de toucher à la maîtresse, non mais !

Je fais signe aux autres qu'ils peuvent venir. Finalement il me plaît bien le rôle d'éclaireur, et ça serait chouette qu'au retour je continue à le faire. Je pourrais alors marcher devant tout le monde et prévenir si quelqu'un arrive. Je dis ça à Williams qui vient de s'accroupir derrière moi.

– C'est ça, gros ! il répond. Ton cul nous servira de lanterne.

Et les autres rigolent et me pincent. J'ai encore envie de pleurer parce que tout ça c'est pas juste et qu'ils n'ont pas besoin tout le temps de m'appeler gros et de me dire leurs âneries.

– Ils font quoi là-dedans, gros ?

– Ils regardent la télé.

– Regarde encore, ils ne font rien d'autre ?

Il m'oblige à mettre encore ma tête devant la fenêtre et j'ai peur qu'on finisse par me voir.

– Il embrasse la maîtresse. C'est infect.

– Qu'il est con ce gros ! Il est jamais allé avec une fille, ça se voit !

Les deux autres se regardent avec des airs entendus comme s'ils savaient plein de choses que moi je ne sais pas. Ils seraient bien étonnés si je leur disais tout ce que ma mère m'a appris sur les légumes qui font les bébés. Je hausse les épaules.

– J'aime pas les filles, je dis, même si c'est pas vrai et que ce sont plutôt elles qui ne font jamais attention à moi, et c'est pas faute d'essayer d'être drôle.

– On va leur coller la frousse ! il ricane, Williams.

Il sort un paquet ficelé. Je reconnais l'étiquette. Ce sont des pétards qu'il a dû acheter chez Mr Hackendown. Avec ses deux copains, il en installe partout le long du mur et devant la fenêtre, tous reliés par une seule mèche. Si ça part, ça va faire un sacré raffut, et je n'ai plus du tout envie de rester là.

– Tu m'avais pas dit qu'on mettrait des pétards, je proteste. Moi, ça me plaît pas ton histoire. En plus, la maîtresse a plein de soucis à cause de Nelly Launder.

– Malin, va ! Qui l'a mise à la porte, Nelly Launder ? Fallait qu'elle réfléchisse avant. C'est bien fait.

– Ouais, c'est bien fait, renchérissent les deux autres larves.

Williams rigole. La chaîne de pétards est prête. Je m'écarte prudemment.

– Où tu vas, gros ? Toi tu pars pas... Tu restes là. Tu surveilles. T'es l'éclaireur, t'as dit.

Avant que je puisse protester, ils se jettent sur moi et me couchent par terre. Ils m'enfoncent la tête sous la neige et je ne peux presque plus respirer. Ils me donnent plein de coups de pieds avant de me lâcher et de décamper à toute vitesse. Ils m'ont tendu un piège. Ils ont allumé la mèche. Elle grésille en lançant plein d'étincelles. C'est moi qui vais me faire pincer. Quand je me relève, les autres ils sont déjà loin.

Je cours vers la barrière. Mais je m'enfonce comme un tonneau dans la neige molle. J'ai l'impression de ne pas avancer. Et je suis poursuivi par le chuintement de la mèche. Ça va péter ! ça va péter... J'escalade l'enclos. Plus question de jouer aux éclaireurs. C'est la débâcle. Je roule cul par-dessus tête de l'autre côté.

Les premiers pétards claquent et ça fait un bruit de mitraillette qui résonne au loin dans toute la forêt. Je me mets à galoper aussi vite que je peux. La pétarade est vraiment terrible.

Je m'écroule derrière un arbre, à bout de souffle. Je me bouche les oreilles. À ce moment, la porte de la maison s'ouvre brusquement et Mr Dern apparaît sur le seuil. Il n'a vraiment pas l'air content, surtout qu'il est seulement en tricot et en bretelles. Il serre les poings comme s'il rêvait de tordre le cou à quelqu'un. Il regarde de tous les côtés et moi, caché à plat ventre derrière le tronc, je rentre la tête dans mes épaules ; j'aimerais bien me faire aussi petit qu'un champignon.

– Si je vous retrouve encore chez moi, sales gamins, je vous mettrai du plomb de fusil dans les fesses ! il crie, et moi, je me dis que du plomb dans les fesses, ça doit faire mal.

Puis je le vois qui contourne la maison et écrase les derniers pétards. Il revient à la porte. Il regarde une dernière fois aux alentours. Juste à ce moment, un pan de neige se détache du toit. Je ne veux pas voir ça. Je ferme les yeux. J'entends un bruit mou et aussi plein de gros mots que ma mère me défend d'employer même si je suis en colère.

Quand je les ouvre à nouveau, Mr Dern est rentré. À sa place, il n'y a qu'un gros tas de neige.

Je ne sais pas de quel côté sont partis les autres. Ils ne m'ont pas attendu. Ils ont filé comme des limaces en espérant que ça serait moi qu'on attraperait et qui prendrais la raclée. Et c'est pour ça qu'ils tenaient tant à ce que je les accompagne. Il me le paiera cher, Williams, un jour qu'il sera tout seul sans sa bande. Je lui tordrai le cou.

Pour l'instant, j'ai un problème plus urgent. Je ne me souviens plus par quel côté on est arrivé. En me sauvant, je n'ai pas dû courir dans la bonne direction parce que je ne retrouve plus le chemin qui ramène en ville. Il n'était déjà pas très visible avant, tellement il était enfoncé sous la neige, mais maintenant c'est encore pire avec ce fichu brouillard. Je ne sais plus de quel côté aller et j'ai bien envie de pleurer.

La solution, ça serait de retourner à la maison de Mr Dern en suivant mes traces à l'envers. Mais il a promis d'envoyer du plomb dans les fesses au premier d'entre nous qu'il verrait rôder, alors je préfère encore être perdu... Je m'arrête un instant pour réfléchir, même si j'ai plus envie de pleurer que de réfléchir. On dirait que la forêt se moque de moi, qu'elle murmure dans mon dos :

– Regardez ce petit garçon si sot qu'il ne sait plus de quel côté rentrer ! Shhhh... Shhhh...

– Il est gros et dodu, Shhhh.... Shhhh...

– On le tient, Shhhh... Shhhh... On va lui faire peur.

– Il fera un arbrisseau très mignon, Shhhh... Shhhh...

– Un arbrisseau, oui, c'est cela...

Non, je ne ferai pas un arbrisseau, ni même une touffe d'herbe et je rentre de ce pas chez moi me mettre au chaud avant le déjeuner. D'ailleurs, je ne suis pas perdu. Un peu sur la gauche, il me semble entendre la rivière. Mais ce n'est peut-être que le vent dans les branches.

De toute façon, je dois bien aller quelque part. Si j'arrête de marcher, je sens que je vais pleurer.

Je m'enfonce donc entre les arbres. Il y a de moins en moins de lumière, ce qui n'est pas fait pour me redonner du courage. Je commence à avoir très peur. Tout en marchant, je m'efforce de trouver des noms aux arbres comme Harold, qui dit que ce sont eux qui aident les chasseurs perdus. Mais mes noms à moi sont moins jolis que les siens, et je ne suis pas du tout sûr qu'ils leur plaisent autant.

Un gros paquet de neige s'écrase devant moi. Puis un autre, plus loin. J'ai l'impression que le sol tremble comme si, quelque part, quelqu'un s'était mis à courir. Je sursaute. Je regarde autour de moi. On n'y voit goutte. J'entends les branches qui se balancent au-dessus de ma tête, et ça me fait penser aux choses que raconte Lydie. Je continue droit devant. Je respire fort. Les larmes me montent aux yeux.

Tout d'un coup, je pars en avant. Je pousse un cri. Je n'ai pas vu le ravin. Je dévale à plat ventre comme une luge sans pouvoir m'arrêter, dans un nuage poudreux. Je me cogne enfin contre une racine. Je suis un peu étourdi. J'ai de la neige dans la bouche et le nez, et aussi les oreilles. Mes vêtements sont tout blancs. On dirait que je suis tombé dans un tonneau de sucre.

Je cligne des yeux. Je ne connais pas cet endroit. Je n'y suis jamais venu avant. On dirait que l'air est bleu, par ici, et les arbres sont nus et ressemblent à des doigts de vieille femme. Plus bas encore, il y a un ruisseau gelé. Une veine que cette souche m'ait stoppé, sinon je piquais une tête dans la glace. J'ai froid. J'ai les lèvres qui tremblent. Finalement, les aventures, il vaut mieux laisser ça aux héros de la télé.

Autour de moi, je m'aperçois que tous les bébés sapins ont été arrachés ou piétinés, que les autres sont écartés comme après le passage d'un gros animal. Et il y a des traces bizarres qui courent le long du ruisseau. Je ne sais pas qui a fait tous ces dégâts, mais c'est certainement pas quelqu'un de l'école comme le directeur pensait hier.

Tout d'un coup, je me rappelle cette vieille femme dont a parlé Cyrus. Celle qui portait du bois de l'autre côté du pont. Après tout, c'est peut-être bien elle qui n'aime pas les arbres. À mon avis, elle n'aime pas les enfants non plus. Et ça ne serait pas une bonne idée de se trouver sur son chemin dans cet endroit perdu. Je me mets à trembler. On ne se croirait pas le matin, tellement il fait sombre.

Quelque part dans le lointain, j'entends un cri. Un oiseau, ou quelque chose d'autre... Peut-être...

Mon cœur bat plus vite. Il m'a semblé entendre un bruit. Je sens que je vais pleurer pour de bon. C'est encore pire que quand la maîtresse nous fait passer au tableau pour une leçon qu'on n'a pas apprise. Je suis sûr qu'il y a quelqu'un de caché par-là et qui me regarde, de derrière un fourré. Une seconde, il m'a semblé qu'une grande ombre se déplaçait tout au fond, là-bas, avec un sac sur le dos...

– Maman !...

Je ne veux plus rester ici. Je ne veux plus. D'un coup, je fais demi-tour et c'est tant pis pour la fierté du grand éclaireur. Je remonte la pente à quatre pattes, à toute allure, sans réfléchir, en m'écorchant mains et genoux. Quelque chose s'est mis à me poursuivre. J'entends un souffle horrible dans mon dos. Je n'ose pas me retourner. La frousse me donne des ailes. J'atteins le sommet, puis je cours droit devant moi, moitié pleurant, moitié suppliant.

Soudain, de derrière les arbres, un grand œil jaune surgit devant moi. Je pousse un cri et je tombe en avant, les bras sur la tête...

– Ed ! Espèce d'imbécile, relève-toi ! Qu'est-ce que tu fabriques par ici ?

Une main énergique m'empoigne, m'oblige à me relever.

L'œil jaune n'est rien d'autre qu'une lampe électrique. Avec ce brouillard j'avais...

– Harold ? je demande parce que je ne suis plus sûr de moi.

– Évidemment. Qui d'autre ? Dans quoi tu t'es laissé embarquer, pauvre pomme ?

– Il faut pas rester là, Harold, il y a quelque chose qui court par-là, qui n'aime ni les arbres, ni les enfants. C'est terrible, Harold, vraiment terrible ! Ça m'aurait attrapé et mis dans un sac si je n'avais pas couru !

– Allons, qu'est-ce que tu racontes ? T'es pas fou ? Dépêche-toi. Tes parents vont te passer un savon. Il est déjà midi.

– Midi ?

Il pointe sa lampe vers le fond du ravin. Pour rien au monde je n'irais me pencher au-dessus du trou. Je suis sûr qu'elle est toujours là, la vieille femme, tapie en bas, à attendre... Et ses grands yeux doivent briller dans le brouillard.

Harold reste un moment sans rien dire. Puis :

– Il faut rentrer, Ed.

Il me prend par la main et m'entraîne dans la direction opposée à celle que j'ai suivie jusqu'à maintenant. Je préfère ne pas imaginer ce qui se serait passé s'il ne m'avait pas rencontré. Je ne suis pas très fier.

– Je suis rudement content de te voir, Harold.

Et c'est la vérité.

– Moi aussi, mon pauvre Ed. Ça t'apprendra à suivre ces imbéciles.

– Tu crois que c'est ce qui est arrivé à Nelly ? Tu crois qu'elle s'est sauvée et puis qu'elle s'est perdue dans la forêt ?

– Je ne sais pas, Ed. Le shérif et quelques autres ont cherché toute la journée. Ils ne l'ont pas retrouvée.

– Comment t'es là ?

– Je me promenais. J'ai découvert vos traces.

– C'est un sacré bol !

– Un sacré bol, répète Harold.

Je ne suis pas sûr qu'il me dise là toute la vérité.

– Comment tu pouvais savoir que c'était mes traces à moi ?

Il a un petit rire qui sonne clair entre les arbres. C'est curieux comme avec lui la forêt a l'air moins terrible. En un rien de temps, nous reprenons le chemin du village, celui qui borde la rivière. Harold plaisante, me demande si j'ai appelé les arbres par leurs noms – parce que les arbres aident les enfants perdus s'ils sont contents des noms qu'ils leur donnent c'est ce qu'il dit ! – et tout un tas de choses comme ça. Il est fou, Harold, mais c'est vraiment mon meilleur copain, ça, y a pas !

LYDIE DISPARAÎT

Quand je rentre, c'est curieux, personne ne fait attention à moi, et pourtant je suis bougrement en retard. Mon père est assis près de la cheminée avec un gros livre sur ses genoux. Je monte dans ma chambre, sur la pointe des pieds. Je cache mes affaires sales sous le lit, comme d'habitude, et quand on m'appelle pour le déjeuner, je fais celui qui est là depuis longtemps.

À table, on n'entend que le bruit des cuillères dans les assiettes, et ça, c'est mauvais signe. Pourtant, mes parents n'ont pas l'air de s'être disputés. Moi, je me fais le plus minuscule possible, ce qui n'est pas facile. Est-ce que je vais avoir droit à des remontrances ? Mon père finit la soupe, et puis il dit :

– Doyle a télégraphié dans la vallée pour qu'on lui envoie des renforts... Mais tout ça ne tient pas debout. Elle ne s'est pas volatilisée, cette gamine.

Ma mère me jette un coup d'œil à la dérobée.

– Ne parlons pas de ça devant l'enfant.

L'enfant, c'est moi. Toujours pareil. Comme si je n'étais pas capable de comprendre les conversations des adultes. C'est bien pour ça qu'on m'envoie à l'école, pourtant. Ils parlent encore de Nelly, et j'ai l'impression que cette histoire leur donne du souci. Nelly, elle est dans ma classe, alors ça devrait me concerner aussi. Moi je dis :

– Nelly Launder, je suis sûr qu'elle a été enlevée par la vieille femme qui casse les arbres dans la forêt...

– Tais-toi, Ed ! Mon père se fâche. On ne plaisante pas avec ces choses.

– Mais c'est vrai ! Pourquoi personne me croit jamais à moi !

Je plonge le nez dans mon assiette. Je suis vexé. Mes parents, c'est toujours pareil, ils n'écoutent rien. S'ils savaient l'aventure qui m'est arrivée ce matin, sûr qu'ils seraient bien étonnés. L'ennui, c'est que je ne peux pas la raconter. Sans quoi, il faudrait que j'explique ce que je trafiquais aussi loin dans la forêt et à mon avis, il vaut mieux pas. Mon père va dire quelque chose, mais on entend des coups contre la porte. Moi, je sursaute, je ne sais pas pourquoi.

– Qui ça peut être ? fait ma mère, inquiète.

– Des nouvelles de la petite, sans doute...

Mon père se lève et va ouvrir. Il revient avec Mr Williams, qui est le père de son andouille de fils. Remarquez, ce n'est pas sa faute. On ne choisit pas ses enfants. Lui, il est plutôt gentil, et en plus sa femme est morte. Il travaille à la scierie avec le grand-père d'Harold.

– Je suis navré de vous déranger, mon révérend, il s'excuse en tenant son bonnet plein de neige à deux mains. Mais il faut que je parle à votre fils...

Quelque chose me dit que je vais avoir des ennuis à cause de ce qui s'est passé chez Mr Dern. Mon père me regarde déjà d'un drôle d'air. J'ai soudain la gorge très serrée et le cœur qui bat trop vite.

– Mon fils et ses copains ne sont pas rentrés, explique Mr Williams. Ils sont partis jouer ce matin, je ne sais pas où. Depuis, nous n'avons aucune nouvelle. Mais ils m'ont dit avant de filer qu'ils allaient chercher Ed pour jouer avec eux. Tu les accompagnais, n'est-ce pas ?

– Euh... oui. Oui, m'sieur.

– Ils sont partis ensemble, confirme ma mère. Je les ai vus. Ils avaient l'air de comploter quelque chose.

Elle a encore mis dans le mille. Décidément, je me demande toujours comment elle arrive à tout savoir sans jamais rien demander. C'est peut-être que toutes les mamans sont comme ça, et c'est pour ça qu'on les appelle maman. Le père de Williams tord son bonnet poilu en me regardant et je ne sais pas où me mettre. Il a l'air bien embêté.

– Ed ! Qu'est-ce que vous avez manigancé ce matin ? demande ma mère, et je vois bien qu'elle n'est pas contente. Dis-nous la vérité...

Tout ce que je trouve à faire, c'est de cacher ma tête dans son tablier et de pleurer. Ça fait du bien de pleurer, surtout que j'en avais rudement envie.

– Ed, il ne t'arrivera rien si tu dis la vérité. Tu comprends que le papa de ton copain s'inquiète, n'est-ce pas ?

– Mais c'est pas mon copain, Williams. Je sais pas ce qu'il a fait avec les autres. Ils m'ont abandonné en pleine forêt comme des lâcheurs. Sans Harold, je me serais perdu et vous ne m'auriez jamais revu, comme Nelly Launder !

Ils se regardent tous. Je voudrais bien ne pas devoir raconter notre escapade en détails, mais on commence à me poser plein de questions et je suis bien obligé de cracher le morceau. Quand j'ai fini, je ressemble à une tomate, comme quand la maîtresse elle me gronde devant toute la classe. Je ne suis pas très fier de moi.

Mr Williams s'assoit. Il a soudain l'air fatigué.

Mon père lui tend un verre d'eau-de-vie, celle qui est très forte et dans laquelle il me laisse tremper un sucre à mon anniversaire.

– C'est de ma faute, dit Mr Williams en baissant la tête. Depuis la mort de sa mère, ça va de travers. Mon Dieu, où peut-il être ? Et les autres ? Après ce qui s'est passé avec la petite Launder...

Mon père lui pose une main sur l'épaule.

– Venez, Williams. Allons parler au shérif Doyle. Il saura quoi faire. Ne vous inquiétez pas. Ça va s'arranger.

Ils sortent tous les deux. Moi je n'ai plus faim. Je quitte la table pour monter me coucher. Je me sens drôle, comme si j'avais de la fièvre. Un peu plus tard, ma mère vient s'allonger près de moi, comme elle fait la nuit quand je suis malade. Elle me serre contre elle et c'est bien agréable. Dommage que ça n'arrive pas plus souvent.

Le dimanche, c'est pas un jour que j'aime tellement. Je sais bien qu'il n'y a pas d'école, qu'on peut dormir un peu plus tard et aussi que maman fait son gâteau tout blanc... Mais les magasins sont fermés, même celui de Mr Hackendown. Il n'y a pas beaucoup de gens dans les rues, comme si une grande tempête les avait emportés.

En plus, le dimanche, c'est le jour du culte et

au lieu d'aller jouer, je suis obligé d'aller au temple, parce que maman dit que je suis le fils du pasteur et que personne ne comprendrait que le fils du pasteur ne vienne pas écouter son papa quand il raconte les histoires de la Bible.

Moi, je pourrais bien leur expliquer que ces histoires-là, ça fait des milliards de fois qu'il les répète et c'est bizarre que personne à part moi ne l'ait remarqué. Mais maman ne veut rien entendre et je suis obligé d'aller chanter avec elle sur le banc où on est mal assis et où je ne vois presque rien, vu que je suis tout petit au milieu des gens, même avec ma belle veste bleue qui a un écusson doré. En plus, quand je chante, on ne m'entend pas, alors je fais juste qu'ouvrir la bouche.

Le temple est moins plein que d'habitude, certainement parce qu'il fait très froid et que tout le monde n'est pas fou. N'empêche que je préférerais m'amuser dans la neige, dehors. Je tire la robe de ma mère. Je lui fais signe que je veux faire pipi, et même si elle sait que je n'ai pas si envie que ça, elle ne peut rien me dire parce qu'elle ne veut pas faire de bruit pendant que papa parle.

Je suis bien content de respirer l'air frais. Je cours vers le mur du cimetière pour faire pipi parce que de ce côté il n'y a jamais personne. Tandis que j'arrose un buisson, je regarde les tombes qui ont presque disparu sous la neige.

Sur l'une d'elles, Harold est assis et contemple le village qui s'étend en contrebas, le menton posé sur ses poings. Il me tourne le dos. Il semble absorbé dans une de ses rêveries habituelles. Il a l'air bien seul et bien triste, Harold. Dans le soleil du matin, il est si pâle qu'on dirait un fantôme.

Je m'approche de lui. J'ai un peu peur de le déranger.

– Salut, Ed ! il me lance sans se retourner. L'office t'ennuie, hein ?

– Comment tu peux savoir ? Tu n'y vas jamais...

– Parce que je n'ai pas le droit.

– Qui t'en empêche ?

– Je n'ai pas le droit, il répète.

– Alors qu'est-ce que tu fais là ?

– Je t'attendais.

– Tu sais, pour Williams et les autres ?

– Oui. C'est grave. On n'a pas retrouvé Nelly Launder non plus.

– J'ai peur, Harold. Qu'est-ce qui s'est passé, d'après toi ?

– Je ne sais pas.

– Et si nous aussi on disparaissait ?

– Il faut rester ensemble et on ne risquera rien.

– Je te jure que j'ai senti quelqu'un derrière moi dans le ravin, hier... Personne ne veut me croire. Tout le monde dit que j'ai rêvé.

– Moi, je te crois. Ne t'occupe pas des adultes, poursuit sentencieusement Harold. Ils oublient vite. Et beaucoup.

Il regarde soudain le clocher avec un drôle d'air. Il dit :

– Il va être midi.

C'est vrai, la cloche se met à sonner et les gens commencent à sortir du temple. Harold se met à trembler. Il n'a pas l'air dans son assiette. Ses yeux ont brusquement changé de couleur.

– Ça ne va pas, Harold ?

On entend soudain un grand remue-ménage du côté de la rue. Vite, on se lève pour aller voir ce qui se passe. On tombe sur Nan à l'entrée du cimetière.

– Oh Harold ! Ed ! Venez vite ! C'est très grave !

On ne l'a jamais vue comme ça, Nan. Elle est blanche comme un linge et il y a des larmes qui roulent le long de ses joues.

– Lydie a disparu, elle sanglote. Oh ! Harold, on ne la retrouve plus nulle part !

Et puis elle tombe dans les bras d'Harold et pleure comme je n'ai jamais vu personne pleurer, et moi aussi j'ai très envie de pleurer.

Devant le temple, plein de gens se sont rassemblés autour de Mr Todds qui est certainement venu porter la nouvelle. Ils ont tous l'air consternés. Ils bavardent en faisant de grands gestes. Mr Doyle qui est notre shérif, aujourd'hui il ne travaille pas et il porte son costume gris sans étoile, demande à tout le monde de se calmer. Mais les adultes ne sont pas plus disciplinés que nous autres avec Miss Baldwin.

– Nan ! Que s'est-il passé ? demande Harold avec un air terrifié et pourtant il n'a pas souvent peur.

– Je ne sais pas ! On était dans la cuisine pour préparer le repas et... et on a entendu Lydie pousser un cri aigu et c'était plus que des pleurs, comme si elle avait vu quelque chose qui lui avait fait peur. Vite on a couru. Quand on est arrivé... oh, mon Dieu, Harold ! La chambre était vide et la fenêtre grande ouverte !

Harold baisse la tête. Il serre très fort Nan contre lui. Je crois finalement qu'il l'aime beaucoup, Nan, même s'il n'aime pas le montrer.

Décidément, c'est pas un bon dimanche.

Devant la maison de Nan, il y a beaucoup de gens, les mains dans les poches à ne rien faire, juste à regarder ou à bavarder et je me demande bien ce qu'ils fichent au milieu, alors que Mrs Todds pleure sur le pas de la porte et que Mr Todds court dans tous les sens en appellant : « Lydie, ma chérie, c'est papa, où es-tu ? »

Mr Doyle, qui est notre shérif, même si

aujourd'hui il n'a pas son étoile, a l'air bien embêté. Les mains sur les hanches, il regarde vers la forêt. Il n'arrête pas de répéter : « C'est pas possible, bon Dieu, c'est pas possible ! » Nous, avec Harold et son grand-père, on se tient un peu à l'écart des autres curieux. On retient Nan qui a envie d'entrer dans la maison et elle aurait le droit puisque c'est sa maison à elle après tout.

Mr Doyle semble s'apercevoir qu'on est là. Il vient vers nous. Il plie ses grandes jambes pour être à notre hauteur. Il parle à Nan :

– T'en fais pas, petite. Lydie ne peut pas être bien loin. Elle a dû nous faire une farce, ou vouloir aller cueillir quelque chose dans la forêt. Des fois, il s'en passe de drôles dans la tête des petites filles. Elle ne t'a pas confié un secret ou quelque chose ?

Nan, elle fait non avec la tête.

– On va la retrouver. On va tous s'y mettre. Elle n'a pas pu aller bien loin. Surtout sans ses chaussons.

Sur un clin d'œil de son grand-père, Harold emmène Nan à l'écart. Mais moi personne ne m'a fait de clin d'œil et je reste là, planté comme un idiot.

– Il y a des traces ? demande Mr Sanghorn.

Le shérif le regarde d'un air vraiment sinistre, maintenant que Nan s'est éloignée.

– Il y a des traces, oui, finit-il par dire, mais

pas des traces de pieds nus. On dirait... Je ne sais pas ce qu'on dirait, mais ça commence sous la fenêtre de la petite et... et ça part vers la forêt... Qu'est-ce qui nous arrive, mon pauvre vieux ? D'abord la petite Launder, puis Williams et ses copains qui n'ont pas reparu. Et maintenant Lydie...

– On dirait bien que ça recommence... Comme il y a neuf ans.

Ils se regardent longuement. Mr Doyle, il soupire :

– Merde, je suis seul avec un adjoint à mi-temps et une voiture ! Je ne peux pas courir derrière tout ce monde. Et puis avec cette saleté de neige...

– Tu n'as pas demandé du renfort dans la vallée ?

– Le téléphone est en panne. La tempête de cette nuit a dû arracher les fils ou je ne sais pas. Heureusement, j'ai des volontaires. Maintenant que le brouillard est levé, on va pouvoir y aller. On va suivre la piste. Merci d'avoir rameuté les gars de la scierie.

– Ce pauvre Todds en a pris un sacré coup. Doyle, on devrait prendre Harold comme éclaireur.

– Tu charries, c'est un gamin !

– Il connaît la forêt comme sa poche et il est doué pour lire une piste. Il aurait fait un sacré chasseur de loups, dans le temps. Tu sais que je ne dirais pas ça si je ne le pensais pas.

Si je pouvais mettre mon grain de sel, j'ajouterais qu'il a drôlement raison, Mr Sanghorn. Harold est un éclaireur super. Mais l'idée n'a pas l'air de plaire à Mr Doyle.

– Écoute, je préfère ne pas mêler des gosses à la battue. On ne sait pas sur quoi on peut tomber, après tout.

– Doyle, Harold n'est pas un gamin ordinaire, tu peux me croire...

– C'est non. Je ne peux pas prendre ce risque. Toi, tu seras notre éclaireur.

Mr Sanghorn hoche la tête. Il semble regretter que Mr Doyle ne pense pas comme lui.

– Allez, rassemble tout le monde. On a perdu bien assez de temps...

Il se tourne vers Harold et Nan, qui sont restés à distance.

– Vous devriez m'emmener, dit Harold en fixant le shérif dans les yeux. (À mon avis il a tout entendu.)

– Désolé, Harold. Ce n'est pas possible.

– Sans moi, vous n'y arriverez pas. La neige va recommencer à tomber. Elle effacera les traces. Exprès.

– Il ne neigera pas, dit Mr Doyle en regardant le ciel qui s'est éclairci. La météo est formelle. Nan, tu devrais rentrer et t'occuper de ta mère. Elle va avoir besoin de toi, tu sais...

Quant à vous deux, ne traînez pas dans le coin. Rentrez chez vous aussi. J'ai assez d'embêtements comme ça. Je ne voudrais pas avoir à vous chercher vous aussi.

– Obéis, Harold, demande son grand-père qui est revenu entre-temps. Retourne à la maison. Veille sur Ed, c'est entendu ?

Harold baisse la tête.

– Il va neiger, il dit. Fais attention à toi, grand-pa !

Il est têtu Harold. Mr Sanghorn regarde le ciel. Puis encore Harold, avec beaucoup de tendresse et de mélancolie. Ils s'aiment bien, tous les deux, ça se voit.

– Tu as certainement raison, fils. On sera prudent.

Tous ceux qui vont prendre part à la battue se rassemblent en ligne devant Mr Doyle. Il y a mon père, le Dr Lifford, Mr Hackendown, Mr Dern, et plein d'autres gens. Ils sont au moins vingt au total. Mr Doyle, il leur parle en marchant de long en large devant eux. Le grand-père d'Harold n'est pas dans le rang parce que c'est lui l'éclaireur.

– Ils n'iront pas loin, murmure Harold, tandis qu'ils se mettent en route.

– Pourquoi tu dis ça ?

– La neige va effacer les traces. Elle les empêchera d'avancer. C'est trop tard.

On les regarde qui disparaissent sous les arbres, un par un, et ça fait tout drôle parce qu'on dirait que la forêt les avale.

– Viens, Ed, suis-moi.

Harold fait le tour de la maison de Nan. Il ne reste plus personne, Mr et Mrs Todds sont rentrés. Ils doivent être bien tristes, et moi aussi je suis triste parce que Lydie, dans le fond, elle est gentille. Et puis c'est la petite sœur de Nan, et Nan est l'amour de ma vie.

On se faufile sous les branches qui sont ici très basses et touchent presque terre. On arrive jusque sous la fenêtre de Lydie qui est grande ouverte et même qu'un carreau est cassé. Harold se met à genoux et inspecte la neige, qui est toute chamboulée à cet endroit. Il y a une drôle de traînée qui part vers la forêt, et c'est certainement la piste que les hommes de Mr Doyle suivent. Moi, je pousse un cri :

– Harold ! C'est les traces ! Les traces qu'il y avait dans le ravin, hier !

– Moi aussi je les connais, dit Harold, sinistre. ELLE est revenue. Je le savais.

– De qui tu parles ?

– Je ne peux pas le dire.

– La vieille femme ? C'est elle ? Celle qui casse les arbres et vole le bois ? On devrait rattraper Mr Doyle pour lui dire !

– Ça ne servirait à rien. Il ne nous écoutera pas.

– Ton grand-père, au moins...

– Mon grand-père, il sait déjà...

Il est pénible, Harold, de parler par énigmes.

– Viens, Ed. Nous allons attendre son retour à la maison. Je dois te montrer quelque chose.

– Faut que je demande la permission, d'abord.

Justement, ma mère est auprès de Mrs Todds à l'intérieur et elle la console de son mieux. Elle n'est pas très contente que j'aille avec Harold, mais comme elle est très occupée, elle est finalement d'accord pour me laisser partir. C'est une veine. Je cours le rejoindre. On ne s'est pas plus tôt mis en route qu'un flocon de neige me tombe sur le nez.

LE SIRKHAWN

La maison d'Harold est assise au bord du chemin tordu qui grimpe vers les collines. Elle est presque cachée par de grands arbres qui se penchent sur vous comme pour demander si vous avez le droit d'être là. Elle est entourée d'un jardinet où Mr Sanghorn fait pousser quelques légumes et un cerisier qui donne de belles cerises en été. Je viens quelquefois, mais moins souvent que je ne voudrais à cause de mes parents.

Souvent ce n'est rien que pour bavarder avec lui ou lire des livres de son grand-père. Il faut dire que son grand-père a des livres terribles sur les loups et tout un tas d'autres animaux qui vivent dans la forêt. Harold n'a pas de jeux, ou s'il en a, il ne les sort jamais.

La neige tombe de plus en plus fort. Le brouillard qu'on croyait disparu derrière les montagnes du nord redescend le long des pentes froides. Harold referme vivement la porte et allume une vieille lampe à huile. Il fait très sombre.

– Quelle poisse ! je m'exclame en secouant mon anorak.

Harold ne répond pas. Il me fait signe de le suivre dans la cuisine, qui est très vieille, mais très propre. Il soulève une trappe en bois dans le sol.

– Viens !

– Là-dedans ?

– Tu as peur ? C'est le garde-manger !

Évidemment, ça change tout. Mais je n'ose pas dire que j'ai faim. Maman m'a appris à ne jamais réclamer chez les autres.

Il descend un escalier en bois. Sa lampe tremble dans le noir. Je me glisse derrière lui. C'est comme une cave, sauf qu'il y a moins de place. Les murs sont garnis d'étagères avec plein de sacs et de pots en verre. Harold attrape au passage un paquet de biscuits et du chocolat. Nous partageons, et franchement, je me sens beaucoup mieux après. Puis il lève sa lampe, comme pour chercher quelque chose.

– Regarde là-bas !

Il désigne du menton une grande malle rangée dans un coin. Dessus, il y a un nom gravé en lettres usées : Timothy Sanghorn.

– C'est à ton grand-père ?

Harold s'approche et triture le cadenas.

– Qu'est-ce que tu fais ?

Il ne répond pas. Il a un air mystérieux.

– Je sais que tu peux garder un secret.

Je fais oui de la tête mais je ne suis pas très tranquille, même si j'aime les secrets.

Le couvercle de la malle est plein de poussière et il grince. Harold sort des tas de papiers tout jaunis qui sentent l'humidité. On dirait des articles découpés dans des journaux. Il les met à plat devant nous et approche la lanterne.

– Regarde ça...

« DISPARITION D'ENFANTS – LA LISTE S'ALLONGE – Cécil et Jack Thornshield, respectivement âgés de onze et neuf ans, n'ont pas regagné leur domicile depuis jeudi dernier après la classe. Les parents sont sans nouvelles et les autorités se perdent en conjectures sur... »

Harold m'enlève l'article alors que j'ai même pas fini de lire. Il m'en donne un autre.

« ÉTRANGE ÉNIGME DANS UN PETIT VILLAGE DES COLLINES – Carol O'Dagherty âgée de cinq ans, a disparu alors qu'elle jouait dans le jardin de ses parents. Aucune recherche entreprise n'a pour l'instant donné le moindre résultat. Cette disparition fait suite à celles qui avaient eu lieu l'hiver dernier, et qui toutes étaient restées sans explication. Des nombreuses hypothèses avancées, celle d'un loup rôdeur n'a pas été écartée par les autorités. Toutefois, aucun corps n'a jusqu'ici été retrouvé... »

– Regarde les dates...

– ... Alors ça fait juste neuf ans, hein ?

Je me souviens de la conversation entre Mr Sanghorn et le shérif Doyle. J'ai froid dans le dos, tout à coup.

– Ce n'est pas la première fois, Ed. De tels événements se sont déjà produits.

Il pioche à nouveau dans la malle et retire un long paquet enrobé dans un merveilleux tissu doré, comme la soie qui entoure les boîtes de chocolat, mais c'est encore plus joli parce que la soie ne brille pas dans le noir comme ça. Il le déroule devant lui et je ne peux m'empêcher de dire :

– Ooooh !... Qu'est-ce que c'est, Harold ?

Je sais que ma question est stupide. Je vois bien que c'est un long poignard, mais je n'en ai jamais vu de pareil, même pas dans les films. La lame est taillée sur quatre côtés et elle est si fine qu'on dirait un fil d'argent.

– C'est un « sirkhawn » et il vient de... d'un lointain pays. Il faut que je te dise, Ed... Je ne suis pas...

– Harold ! Range ça immédiatement !

Je pousse un cri. Harold a sursauté. Mr Sanghorn est là, derrière nous, on ne l'a pas entendu arriver. Il porte encore son manteau et sa casquette pleins de neige. Ses sourcils et sa barbe gelés lui donnent un air terrible. Comme Harold n'obéit pas assez vite, c'est lui qui remet tout en place dans le coffre et referme le couvercle à grand bruit. Je pense qu'on va avoir droit à une correction et on ne l'aura pas volée. Moi, je mets déjà les mains sur ma tête.

Mais Mr Sanghorn s'assoit simplement sur le coffre. On dirait quelqu'un qui vient de remettre en cage un animal dangereux. Il nous dévisage tous les deux et son regard me fait froid dans le dos. Il est très pâle.

– Faut pas regarder là-dedans, les garçons. Faut pas.

Harold lui prend la main, gentiment.

– C'est inutile, grand-pa. Il y a longtemps que je suis au courant. Tu sais bien que le moment est venu, que je ne peux pas reculer...

– Non, Harold, non ! s'exclame Mr Sanghorn. Il ne faut pas. Tu es trop jeune. Mr Doyle, moi et tous les autres, on retournera la forêt s'il le faut, mais...

– Vous ne réussirez pas. Je suis seul à pouvoir trouver la piste, grand-pa, et tu le sais... Ni la neige, ni la nuit ne peuvent m'empêcher de suivre une trace.

– Il faut attendre, Harold ! Il est trop tôt. Trop tôt, mon petit...

Mr Sanghorn a presque les larmes aux yeux. Il se lève pour serrer Harold contre lui. Je suis médusé de les voir ainsi. Je ne comprends pas ce qui se passe, ni de quoi ils parlent, sauf qu'il y a un secret entre eux, un grand secret qui les rend tristes comme s'ils allaient devoir se séparer pour ne plus jamais se revoir. Mr Sanghorn se tourne vers moi.

– Ed, il faut jurer de ne raconter à personne ce que tu viens de voir. Tu es un brave garçon. J'ai confiance en toi.

Je jure tout ce qu'on voudra, même si je ne vois pas bien l'importance que ça peut avoir.

– C'est bon, dit Mr Sanghorn. Je vais te raccompagner chez toi. La neige tombe fort, dehors. On a dû arrêter la battue. On ne voyait pas à un mètre.

Je sais ce que ça veut dire. Ça veut dire qu'on ne retrouvera pas la petite sœur de Nan... Ou Nelly Launder, et Williams, et les autres.

Jamais.

Aujourd'hui, Harold n'est pas venu à l'école.

Je suis inquiet. Je ne voudrais pas qu'il ait disparu lui aussi parce que c'est mon meilleur copain. Le lundi, en général, personne n'a le cœur en joie. Mais aujourd'hui, c'est pire que d'habitude. La classe est à moitié vide. Beaucoup de nos copains ne sont pas venus. Je pense que c'est à cause de la neige ou que leurs parents ont eu peur de les envoyer.

La maîtresse n'a pas envie de sourire, et nous

pas envie de faire les idiots. Exceptionnellement, elle a changé nos places pour qu'on soit tous rassemblés devant elle. Pour la première fois, Nan est à côté de moi. Elle a décidé de retourner en classe et je trouve que c'est très courageux. La maîtresse est gentille avec elle et nous on ne lui tire pas les cheveux, et pourtant elle a de beaux cheveux.

Nan aussi est inquiète au sujet d'Harold. Elle n'arrête pas de me questionner, et moi je lui réponds toujours pareil, c'est-à-dire que je ne sais rien. Je n'ai pas oublié ma promesse à Mr Sanghorn. Je n'ai rien dit à personne de ce qu'Harold m'a montré dans la malle, même pas à elle.

À la récréation, elle se met toute seule dans un coin et personne n'ose venir l'embêter. Cet idiot de Cyrus, qui raconte toujours des mensonges, il n'arrête pas de nous embêter avec une nouvelle histoire qu'il promet que cette fois c'est vrai, et il commence même à pleurer parce qu'il dit que personne le croit jamais, et c'est vrai qu'on le croit jamais, on n'est pas des bûches. Même s'il disait que la terre est ronde, on se méfierait.

Il me prend par le bras.

– Ed ! T'es un bon copain. Tu dois me croire, toi. C'est vrai que de temps en temps j'exagère, et c'est vrai que j'ai pas mis une branlée à mon père, mais...

Il a sa tête de chien battu qui fait fondre même la maîtresse.

– C'est juste des blagues, quoi, pour se marrer. Mais je l'ai encore vue j'te jure ! Elle passe sur le pont toutes les nuits et elle regarde vers ma fenêtre. Elle a des yeux qui brillent dans le noir !

– De qui tu parles ?

– Mais d'elle ! De la vieille bique qui transportait des fagots l'autre nuit !

Je me sens devenir glacé des cheveux aux orteils. Je regarde Cyrus comme s'il avait des boutons.

– Si tu me montes un bateau, tu vas dérouiller.

– Faut m'croire, qu'il dit.

– Comment elle est cette vieille ?

– Toute jaune, toute fripée, une horrible vieille. Grande avec ça, et maigre aussi. Elle est presque chauve, avec des cheveux argent et des doigts comme des griffes. Une sorcière, je te dis ! Ça peut être qu'une sorcière. Si tu me crois pas, viens dormir à la maison ce soir, et tu la verras. On l'attendra ensemble !

– Chiche ! je fais sans réfléchir.

– Moi aussi je veux venir...

On se retourne. C'est Nan. Elle a certainement tout entendu.

– Vaudrait mieux pas, Nan, conseille Cyrus.

– Et pourquoi ça, s'il te plaît ?

Elle a les mains sur les hanches et son air pas commode.

– O.K., il fait, Cyrus, mais je te préviens que ça fout les jetons. Moi, j'en dors plus.

La maîtresse nous rappelle en claquant dans ses mains. Il n'y a pas de cloche, aujourd'hui. Comme si le directeur avait eu peur que cela n'attire quelqu'un...

La mère de Cyrus n'a pas vu d'inconvénient à ce que Nan et moi on vienne dormir chez elle. Elle a même trouvé que c'était une très bonne idée. Elle en a parlé à ma mère qui a dit d'accord, à condition que je fasse mes devoirs avant. Pour qu'elle ait dit oui si vite sans demander à mon père, ça devait l'arranger que je ne sois pas là, peut-être parce qu'elle devait rendre visite à Mr et Mrs Todds pour les consoler à ce que j'ai compris.

Mon père est revenu. Il secoue ses chaussures dans l'entrée. Il dégouline de neige. On dirait qu'il a marché des kilomètres et des kilomètres. Il a le nez bleu et les sourcils gelés. Il est tellement fatigué qu'il se laisse tomber dans son fauteuil. Comme hier, il a participé à la battue générale avec Mr Doyle et les parents de nos copains disparus. Mais à voir sa tête, je suis certain qu'ils n'ont retrouvé personne.

Je me glisse dans l'escalier pour espionner. Mais il parle à voix basse, d'un air grave. Ma mère l'écoute tristement. J'ai du mal à entendre. À la fin, il secoue la tête en soupirant :

– Plus de traces, plus d'espoir... Il fait moins vingt dehors. Aucun d'entre eux ne pourra survivre la nuit prochaine, en admettant qu'ils soient encore vivants. Les parents sont fous de douleur, et ce n'est pas le secours de la religion qui pourra les soulager. Il paraît que la vallée voulait envoyer un hélicoptère, mais qu'il n'a pas pu décoller à cause du mauvais temps...

– J'ai parlé à d'autres mères, aujourd'hui. Elles ne veulent plus que les enfants aillent à l'école. Que dois-je faire avec Ed ?

– Tout le monde a peur, à présent. Les gosses ont répandu le bruit qu'il y avait une vieille femme qui rôdait dans la forêt. C'est encore une idiotie du jeune Sanghorn, à mon avis. Cet enfant est bizarre. Il n'est pas comme les autres. Garde Ed à la maison, si tu veux. Il faudra bien qu'on trouve le fin mot de tout ceci.

– Il va dormir chez les Peabody, cette nuit.

– Ah ? Ça vaut peut-être mieux. L'histoire se mord la queue, on dirait. Tu te souviens des disparitions, il y a neuf ans ? On en reparle. C'est à croire que nous subissons l'effet d'une malédiction.

On entend un coup de klaxon, dehors. C'est la mère de Cyrus qui vient me chercher. Je me dépêche de quitter mon poste pour aller me changer.

J'ai l'estomac serré, tout d'un coup. Je n'ai plus tellement envie d'aller dormir chez Cyrus. À mon avis, je serais nettement plus en sécurité dans mon lit.

Où est-il passé, ce diable d'Harold ?

L'APPARITION

Cyrus se vante. Il dit que c'est grâce à son père que tout le monde peut faire rouler sa voiture. Sa station est ouverte toute l'année, même la nuit si on tire assez fort sur la cloche qu'il a pendue entre les pompes. Cyrus dit que c'est une cloche de bateau qui pêchait des baleines, mais Cyrus dit beaucoup de choses qui ne sont pas forcément vraies, comme le jour où il nous a fait croire qu'à la maison, c'est lui qui commandait.

Cyrus habite au premier étage de la station, parce qu'au rez-de-chaussée c'est un snack où sa maman fait la cuisine pour des gens de passage qui auraient faim, et ça arrive de temps en temps, l'été, quand des touristes se perdent en cherchant la nationale.

Cyrus est rudement content de nous voir, Nan et moi. Il nous emmène dans sa chambre,

Cyrus a une chambre terrible avec plein de posters sur les murs – et c'est chouette, parce que moi j'ai juste une croix au-dessus de mon lit. Pour une fois, il n'a pas menti. La rivière passe bien derrière la maison, et de sa fenêtre, on peut voir l'eau couler et éclabousser le pont quand elle n'est pas gelée. De l'autre côté, c'est la forêt, et à cet endroit, les sapins sont tellement serrés qu'on voit rien au-delà.

– Je parie qu'elle ne viendra pas, ta vieille ! je crâne.

C'est surtout pour me rassurer.

– Elle est là depuis trois soirs, répond Cyrus.

Nan frissonne. Elle est très jolie avec son ruban bleu dans les cheveux. J'attends avec impatience de voir sa chemise de nuit. On va tous dormir dans la même chambre, et c'est plutôt chouette parce que c'est la première fois que je dors avec une fille. Je n'ai pas de petite sœur, moi.

Cyrus jette un coup d'œil par la fenêtre. Il n'a pas l'air tranquille. Pour nous changer les idées, il propose de jouer avec le train électrique qu'il a eu pour son anniversaire, mais personne n'a vraiment envie de se mettre par terre, et lui non plus, je crois. Alors on reste sans trop parler assis sur les lits pliants que sa maman a installés pour nous – moi, j'ai choisi celui le plus près de la porte, on ne sait jamais –, jusqu'au moment où on nous appelle pour le dîner. Et ça tombe bien parce que je commence à avoir drôlement faim.

Génial ! Le père de Cyrus a ouvert le snack rien que pour nous ! Il est marrant, le père de Cyrus. Il raconte plein de blagues qui font beaucoup rire, même Nan qui n'avait pas trop envie. À la fin du repas – il y avait de la tarte au citron au dessert, et j'adore la tarte au citron – on dirait qu'elle est redevenue la Nan qu'on a toujours connue, avec les joues rouges et les yeux brillants. J'aimerais tant que rien ne se soit passé et qu'on se réveille tous dans notre lit comme après un mauvais rêve.

Personne n'a parlé de Lydie et de nos autres copains qui sont perdus à jamais, à ce que dit mon père. C'est certainement exprès. L'heure d'aller au lit arrive plutôt vite. On dit bonsoir, même si on n'a pas très envie de se retrouver seuls là-haut. La mère de Cyrus nous embrasse tous très fort. Elle est beaucoup plus gentille que je ne pensais, la mère de Cyrus.

– Tu n'auras pas peur, ce soir, n'est-ce pas ? dit-elle à son fils. Tes copains sont là...

Cyrus fait non de la tête. Son père rit un bon coup en bourrant sa pipe. Il nous fait un clin d'œil.

– Cyrus fait souvent des mauvais rêves. Moi aussi, quand j'étais gamin j'en faisais des tas. Je vais vous raconter...

– Tu ne racontes rien du tout, coupe la mère. Ils doivent aller dormir maintenant.

– On ne faisait pas des mauvais rêves, nous aussi, à leur âge ? insiste le père.

– Oui. Mais peut-être pas les mêmes. Elle s'essuie le front du dos de sa main qui est toute moite.

– C'est pas de veine. Juste ce soir elle ne vient pas, constate Cyrus.

– Elle préfère le jour, à midi, quand la cloche de l'école sonne.

Ils me regardent tous deux avec un drôle d'air, surtout Nan. On a établi notre quartier général sur son lit. On est assis en cercle. Nan tient la lampe électrique. Elle est super jolie dans sa chemise de nuit bleue qui lui descend jusqu'aux chevilles. C'est la première fois que je vois une fille en chemise de nuit pour de vrai. D'habitude, c'est rien qu'à la télé, et souvent, à la télé, les filles n'ont même pas de chemise de nuit.

On a l'air d'une bande de gangsters en train de préparer un coup. En fin de compte, je ne serais pas mécontent que Cyrus ait raconté des bobards. Je suis fatigué et je voudrais bien dormir.

Il doit être vraiment tard. On n'entend plus rien d'autre dehors que le chuchotement de la rivière. C'est très agréable et ça aide à s'endormir. Plus tard, je pense que j'achèterai une rivière rien que pour l'écouter dans le noir.

Nan me secoue le genou.

– Ed ! Ed ! Réveille-toi !

– Je ne dormais pas !

– Tu n'as pas entendu un bruit, à l'instant ? Toi non plus, Cyrus ?

Je n'ai rien entendu. Elle joue à nous faire peur, Nan. Cyrus tend l'oreille, et ça lui est facile parce qu'elles sont très larges.

– On aurait dit un grattement.

Je le regarde d'un sale œil. Celui-là, il voudrait plaire à Nan que ça ne m'étonnerait pas, et je sens que je vais devenir jaloux de lui aussi. Ils se lèvent et vont à la fenêtre.

– Viens Ed !

Mes yeux se ferment tout seuls mais je me lève quand même. J'ai beau coller mon nez contre le carreau, je ne vois pas grand-chose. La lune pend au-dessus des arbres, juste en face de nous, comme une boule de glace vanille.

Tout est blanc, noir et immobile.

Sous la fenêtre de Cyrus, le jardin part en pente jusqu'à la rivière qui ressemble maintenant à une grosse tache d'encre. Le pont est désert, juste assez large pour laisser passer l'autobus de l'école. Je le sais parce qu'on s'est arrêté une fois dessus et qu'en se penchant tout le monde avait l'impression que l'eau passait sous les roues.

– T'as rêvé !

– Mais non, on est sûrs, me répond Nan, agacée.

Au bout d'un moment, j'en ai marre. En plus, j'ai rudement sommeil. Je retourne à ma place. J'aimerais bien dormir. Les autres finissent par se recoucher aussi. Cyrus est déçu.

– Je vous jure que c'est pas des histoires.

– Moi, mon père, quand il était petit, il croyait voir un fantôme rôder dans les couloirs de son école et...

Les mots restent bloqués dans ma gorge. Je fais un bond terrible. Il y a un affreux visage collé derrière la vitre. Un visage tout tordu et blanc comme du pain pas cuit, avec de grands yeux énormes qui nous regardent, une bouche maigre et rouge, une bouche pleine de mauvaises dents.

Nan aussi a vu. Elle crie en mettant ses poings sous son menton. Cyrus, lui, recule dans un coin de la chambre. On dirait qu'il va s'évanouir. Mais c'est déjà parti. C'était... Je ne sais pas ce que c'était. Et je veux savoir. Je veux absolument savoir.

Je ne sais pas ce qui me passe par la tête. Je cours à la fenêtre. Je l'ouvre toute grande. Je tends mon cou au-dehors. Le froid me fait cligner des yeux. Mais il y a quelque chose là-bas, une ombre qui court en direction de la rivière.

J'ai terriblement peur. Mais en même temps,

je ne me suis jamais senti si courageux. ELLE s'est enfin démasquée. Il ne faut pas la laisser retourner dans la forêt, où la neige effacera encore ses traces demain. Et elle en profitera pour attraper d'autres enfants. Peut-être Nan. Peut-être Harold, si ce n'est pas déjà fait. Elle les emmènera au loin, quelque part dans une tanière secrète où on ne les retrouvera plus jamais.

– Ed, non ! supplie Nan.

– Mais c'est elle, c'est la vieille ! Celle qui casse les arbres et vole les enfants.

Sans réfléchir, j'enjambe le rebord de la fenêtre. Nan essaie de me retenir. Mais je la repousse.

– Y en a marre ! je crie dans le noir. Rends-nous Harold ! Rends-nous Lydie et tous les autres !

Et là-bas, vers la rivière, j'entends un rire comme je n'en ai jamais entendu, un rire de crécelle qui fait froid dans le dos.

C'est rudement haut pour sauter.

– Ed, je t'en prie ! pleure Nan.

Ça m'est bien égal. Je ferme les yeux. J'y vais. Pouf ! Je me ramasse comme un sac de patates dans la neige molle. J'ai le souffle coupé. Je me relève difficilement. La lune éclaire des traces. Ce sont les mêmes que dans le ravin, et aussi les mêmes que derrière chez Nan. Elles vont vers la rivière.

– Je te tiens, saleté !

Je me mets à courir comme jamais. Je traverse le jardin sans quitter des yeux les empreintes. C'est facile parce que la lune est très ronde et très haute. Elles forment un large sillon qui creuse la neige.

Je trouve la clôture à demi arrachée. Si c'est vraiment une vieille femme, elle a une force de bûcheron. Je suis gelé et les poumons me brûlent. Mais tant pis. Je continue. Et si l'envie lui prenait de m'emmener moi aussi avec elle, très loin dans la forêt ? La tête de mes parents... Ils seraient aussi tristes que ceux de Nan. Ça me fait de la peine. J'ai bien envie de rebrousser chemin.

Sûr que je suis en train de commettre une grosse bêtise. Mais à ce moment, je la vois là-bas, comme un grand oiseau noir avec des vêtements déchirés, qui se dépêche de regagner la sécurité des arbres en traînant la jambe. Elle s'arrête soudain au milieu du pont, comme si elle avait senti qu'on l'observait. Elle se tourne vers moi, elle me regarde. Je tremble de la tête aux pieds.

Je ne traiterai plus jamais Cyrus de menteur.

Elle est comme il a dit. Très grande et voûtée, enveloppée dans de vilains haillons, avec pas beaucoup de cheveux qui sont longs et argentés et lui descendent jusqu'à la taille. Mais surtout, elle porte en bandoulière une grande giberne rapiécée, qui serait bien assez grande pour me contenir, ça oui !

Elle me fait signe avec sa longue main, une main blanche et crochue comme une araignée qui n'aurait pas de carapace. Elle penche sa tête sur son épaule avec un sourire qui montre ses dents noires. On dirait une grand-mère très vieille et très triste, comme si les petits enfants la trouvaient trop laide pour venir manger les gâteaux qu'elle a préparés exprès pour eux. Et moi, j'irais bien me réfugier dans sa grande robe pour la consoler, lui dire que je ne suis pas méchant, et que je veux bien la suivre jusque chez elle pour les manger, ses gâteaux, même si, c'est vrai, elle n'est pas très jolie...

Sans m'en rendre compte, je m'approche pas à pas. Je ne peux pas détacher mes yeux de cette main qui me dit de venir, de ne pas avoir peur, et qu'on sera très gentil pour moi. C'est vrai que j'ai moins peur, maintenant. Je marche plus vite. J'ai presque envie de courir ! Je suis presque arrivé au pont. J'entends le torrent qui passe dessous.

Elle me regarde d'un air malheureux. Si malheureux...

Un éclair blanc passe soudain devant moi. Je sens qu'on m'attrape par l'épaule, qu'on me tire en arrière. Je tombe à la renverse, complètement sonné. C'est Harold. Je ne sais pas d'où il vient, mais c'est bien lui. Il est très sale et tout décoiffé, mais ses yeux brillent comme des diamants dans le noir. Il tient ce long poignard conique qu'il m'a montré hier dans le coffre de son grand-père, le sirkhawn, comme il l'a appelé. Il fait face à la vieille qui n'a pas bougé.

– Tu n'auras pas celui-ci, Amatkine ! il crie d'une voix très forte, et c'est la première fois que je l'entends parler ainsi, Harold.

La vieille se met à rire comme une folle, en renversant sa tête en arrière, comme si elle venait de nous jouer un bon tour. Rien qu'un instant, son manteau s'ouvre et quelque chose de métallique brille, comme une hache. Harold avance. Le sirkhawn brille dans sa main, comme du feu. Il y a un coup de tonnerre. En un clin d'œil, la vieille s'est détournée et elle a disparu derrière les arbres, dans la nuit. Je sens qu'Harold a bien envie de la suivre, mais je l'appelle. J'ai bien trop peur pour rester tout seul. Il m'aide à me relever. J'ai la tête qui tourne. Je tremble de tous mes membres.

– Espèce d'imbécile ! Tu as failli y passer toi aussi ! Tu n'es pas un peu timbré ?

– Mais moi, je croyais qu'elle t'avait emporté !

On se serre l'un contre l'autre. On a eu rudement peur et on est bien soulagés d'être à nouveau ensemble. Quelque part au loin, on entend comme un vilain rire, mais c'est peut-être le vent. Des vagues de brume descendent vers nous. La lune s'est cachée. La neige se remet à tomber.

Il est quatre heures du matin et c'est la première fois que je ne dors pas à cette heure-là. Le père de Cyrus a ouvert le snack et ça doit certainement lui faire tout drôle d'avoir autant de monde si tôt. Tous les quatre, je veux dire Nan, Cyrus, Harold et moi, on est assis au bout de la table, devant des bols de chocolat chaud. On a des couvertures sur le dos.

En face de nous, il y a le père de Cyrus en pyjama rayé qui mord dans sa pipe, le shérif Doyle et le grand-père d'Harold. Mon père à moi est là aussi. Il n'est pas bien réveillé. Il boit un café au comptoir. La maman de Cyrus s'affaire devant les fourneaux. Ça sent les œufs au jambon et je commence à avoir très faim.

– Écoutez, les gamins, il faut tirer ça au clair, dit Mr Doyle qui nous observe à tour de rôle depuis un moment. Je ne crois pas trop à cette histoire de vieille bonne femme qui hanterait les bois avec un grand sac pour y mettre les enfants. Je ne pense pas que vous soyez des menteurs, non... Mais à votre âge, on imagine des tas de choses en pensant qu'elles sont vraies. Je veux être sûr. C'est trop grave. On ne joue pas. Vos copains n'ont toujours pas été retrouvés. Alors si vous avez le moindre doute sur ce que vous avez vu, ou cru voir... Il faut le dire franchement, ne rien cacher. Vous ne serez ni punis, ni grondés, et on retournera gentiment se coucher.

– Il y avait bien des traces dans le jardin, et sur le pont, interrompt Mr Sanghorn. Ils n'ont quand même pas inventé les traces !

– Allons, Timothy, personne ne pourrait dire ce qu'étaient vraiment ces traces. La neige les avait à moitié recouvertes à notre arrivée...

– La neige tombe toujours au mauvais moment... remarque Mr Sanghorn.

Il n'a pas tort, c'est très bizarre. Mais je n'en démords pas. Ces traces-là étaient semblables à celles que nous avons relevées autour de la maison de Nan et qui se sont évaporées plus tard dans la forêt. Des traces étranges. On dirait un animal... ou un infirme.

– Ou quelqu'un qui tire un gros sac, je dis.

Mr Doyle me regarde en faisant une grimace qui n'est pas drôle. Mais Mr Doyle est rarement drôle, même quand il se force.

– Pourtant, on l'a vue ! renifle Nan.

Personne n'a prévenu les parents de Nan. Ils ont déjà bien assez de soucis comme ça.

– On l'a vue, elle répète. On l'a tous vue. Elle nous épiait derrière le carreau... Elle était affreuse. Avec des yeux brillants... Je suis sûre que c'était de ces yeux qu'elle parlait, Lydie, et personne ne la croyait, sauf Harold. Les yeux dans la neige, c'était ça. Maintenant, je sais qu'elle est morte. On ne la retrouvera plus jamais. La vieille l'a emportée.

Elle pleure entre ses bras. Mon père s'agenouille près d'elle pour la consoler. Pauvre Nan.

– C'est une sorcière, pleurniche Cyrus, qui a déjà raconté son histoire, sauf la fin parce qu'il n'est pas très fier de s'être caché sous le lit.

Sa mère le serre contre elle.

– Calme-toi, tu es en sécurité avec nous tous, dit-elle gentiment.

Elle est sympa, la mère de Cyrus. Et ça me fait penser à la mienne qui est restée à la maison et doit se faire du mauvais sang.

– Qu'est-ce que vous en pensez, mon révérend ? demande Mr Doyle à mon père.

– Je ne crois pas qu'ils mentent, répond-il en me fixant. Ed ne me mentirait pas.

– Toi aussi, Ed, tu l'as vue ? Tu en es bien sûr ? insiste Mr Doyle.

– Je l'ai poursuivie jusqu'à la rivière. Elle m'aurait sûrement emporté si Harold n'avait pas été là...

– On les a retrouvés sur le pont dans les bras l'un de l'autre, dit la maman de Cyrus. Ils grelottaient, les malheureux. Mais enfin, Doyle, pourquoi vous acharner sur ces gosses ? Ils disent la vérité, c'est clair. Tous les gamins du village se colportent l'histoire depuis des jours. Vous n'écoutez donc jamais les gamins ? Ils sont tous convaincus depuis longtemps qu'il y a une sorcière dans la forêt. Que c'est elle qui saccage les arbres et cherche des enfants à mettre dans son sac.

Mr Doyle secoue la tête.

– Justement, Carla, vous l'avez vue, vous ? À part les gamins, est-ce que quelqu'un l'a seulement aperçue ? Vous, Peabody ? Vous, mon révérend ?

La mère de Cyrus essuie ses mains au tablier sale qu'elle a enfilé par-dessus sa chemise de nuit. Ma mère le fait aussi quand elle est contrariée.

– Non. Non, je ne l'ai pas vue. Mais ça ne veut pas dire que...

– Carla, le temps joue contre nous. On ne peut pas se fier à des racontars de mouflets, surtout qu'ils en inventent chaque semaine. Demain, ça sera des soucoupes volantes ou des araignées géantes. On ne me fera pas avaler qu'une vieille peut survivre par moins vingt dans la forêt en ce moment, et qu'elle peut se glisser dans le village en plein midi sans être vue de quiconque, pour mettre des enfants dans son sac !

– Amatkine aime le midi. C'est l'heure où elle agit, près des douze coups, même si elle peut se montrer la nuit pour le plaisir d'effrayer. D'où je viens, on la surnomme : la sorcière de midi.

Tout le monde se tourne vers Harold. Jusqu'ici, il s'était tenu silencieux dans son coin, tête baissée, sans remuer le petit doigt. Maintenant, il s'est levé et on le regarde avec étonnement.

C'est qu'il n'a plus l'air d'un petit garçon du tout. Ses yeux en amande ont pris leur couleur dorée et semblent plus grands que d'habitude. Il y a des ombres qui jouent sur ses joues maigres. Je n'avais jamais remarqué à quel point ses oreilles étaient effilées et pointues, comme celles des renards. Il poursuit, en profitant du silence :

– Amatkine n'est pas une sorcière ordinaire. Elle est la dernière survivante d'un clan du premier âge qui vivait dans ces forêts il y a très longtemps, bien avant que les humains ne viennent s'y installer.

– Sorcière ? Le premier âge ? Écoute, mon garçon, tu...

Harold se lève. C'est curieux, mais on dirait qu'il est éclairé par une lumière blanche et personne ne sait d'où elle vient. Il regarde Mr Doyle d'un drôle d'air, et tout shérif qu'il est, Mr Doyle préfère se taire. Les autres se regardent. Il est magnifique, Harold ! Il ne s'est jamais montré ainsi, comme s'il avait enlevé un masque. Nan et moi, on reste la bouche grande ouverte. On n'arrive pas à y croire. Mon père se signe. Pourtant, je suis sûr qu'Harold est tout le contraire d'un diable.

– Vous n'avez jamais rien su de ce qui habitait les montagnes et la forêt, dit Harold. Vous vous êtes installés sans voir et sans comprendre. Vous avez implanté une usine pour couper les arbres plus vite, en vous moquant bien du sort de ceux qui en vivaient. Vous nous avez obligés à fuir vers les montagnes du nord et ainsi, vous avez permis le retour d'Amatkine, dont nous vous avions protégés jusqu'ici.

Un grand silence s'est fait.

– Amatkine est la plus ancienne, la plus dangereuse des sorcières. Elle n'agit que pour le mal. Elle est cruelle et rusée. Elle a survécu à beaucoup d'époques. Elle ne s'attaque qu'aux enfants, dont elle se sert pour des philtres mystérieux qui lui permettent de rester en vie. Ou à ceux de ma race. Elle est notre ennemie commune. J'ai été envoyé parmi vous pour la détruire. Il y a neuf ans...

– Qui êtes-vous ? demande mon père. D'où venez-vous ?

Il dit vous comme à une grande personne. Chouette.

– Je ne suis pas des vôtres, dit Harold. Je ne suis pas un humain. Je suis un sylphe. Un seigneur des bois.

Un coup de vent fait trembler les vitres. Les

néons manquent de s'éteindre. Dans son coin, Mr Sanghorn baisse la tête. Je crois bien qu'il pleure en silence.

– Amatkine s'est construit un nouveau repaire au fond de la forêt. Je l'ai découvert aujourd'hui.

– Comment avez-vous fait avec toute cette neige ? demande Mr Doyle.

– Je peux lire les traces invisibles, répond Harold. La neige, le vent, le froid et la nuit ne sont pas des obstacles pour moi. La cabane est à une journée d'ici. Je n'ai pas voulu y entrer. Mon odeur aurait trahi mon passage. Amatkine sent les miens de loin.

– Les enfants ? Vous avez vu les enfants ? demande le Dr Lifford, qui dit aussi vous à Harold.

– Non. Mais je sais où ils sont. Il y a peu d'espoir, hélas.

En annonçant cela, il regarde Nan fixement et celle-ci se met à pleurer.

– Demain, je repartirai avec ceux qui veulent me suivre. Je vous préviens. Il y aura un grand danger à aller là-bas. Amatkine est redoutable. De plus, elle peut liguer les éléments contre nous. Je crois savoir aussi que de mauvais arbres se sont ralliés à elle.

Tout le monde se regarde. Moi je suis allé dans la forêt et je sais que des mauvais arbres, ça peut exister.

– Moi, je viens, laisse tomber Mr Doyle. Que ce soit une vraie sorcière ou une simple vagabonde. Et que ce gamin soit un sylphe, ou autre chose. Je suis le shérif.

– Je viens aussi, dit Mr Sanghorn d'une voix sombre. J'amènerai quelques gars de la scierie. Mieux vaut ne pas prévenir les parents, à mon avis, et tenir tout ceci secret. Je vous le demande...

Mon père lui met une main sur l'épaule.

– Je vous ai mal jugé, Timothy, Dieu me pardonne. Et vous aussi Harold ou quel que soit votre vrai nom. Je voudrais venir. Mais mon devoir est de consoler ceux qui perdront bientôt tout espoir. Je prierai pour votre retour.

– Ed doit venir aussi, décrète Harold et je saute de joie, car c'est chouette qu'il pense à moi au meilleur moment. Ed est mon ami. J'aurai besoin de lui.

Ça me fait bien plaisir. Je suis rudement fier d'être l'ami d'un sylphe, même si je ne sais pas exactement ce que c'est. Nan baisse la tête. Sûr qu'elle aurait bien aimé nous accompagner, mais c'est une fille et les filles sont bien trop fragiles pour ce genre d'aventure.

Les adultes ne sont pas tellement d'accord pour m'emmener. Ils discutent ferme. Mon père soupire :

– Si c'est la volonté du Seigneur...

Je l'ai échappé belle.

LE ROI DES SYLPHES

Il fait encore nuit quand on me réveille. Dommage. Je rêvais à mille choses très agréables qui ne se passent jamais en vrai. À un arbre de Noël garni de cadeaux apportés rien que pour moi par des lutins aux yeux brillants comme Harold, des ballons dirigeables bourrés de smash-gums et un tas de trucs supers. Tout le monde m'applaudissait et chantait, et dansait aussi, et il y avait Nan qui était si belle, à qui j'offrais une bague de fiançailles. J'avais tellement l'impression que c'était pour de bon.

Mais quand je m'assois en me frottant les yeux, tout a disparu, Harold est à côté de moi. Il m'observe.

– Qu'est-ce que tu fiches ? je demande.

– Rien. C'est l'heure. Écoute, Ed, tu n'es pas obligé de venir. Tu comprends ?

– Dis, tu blagues ? Moi, je veux venir. Je veux venir absolument, même.
– Ce sera très dangereux. Il se peut aussi qu'on se retrouve seuls, ou qu'on soit séparés des autres...
– Tu m'apprendras des noms d'arbres, voilà tout.
Il sourit.
– Bien sûr, Ed.
– J'étais en train de faire un drôle de rêve, où il y avait plein de lutins partout et des cadeaux, et aussi...
Je ne sais pas si je dois lui dire pour Nan et la bague de fiançailles. Harold a un petit rire, comme s'il avait deviné. Il arrête de rire.
– Je suis toujours le même, tu sais, Ed. Est-ce que cela change quelque chose que je ne sois pas tout à fait comme toi ?
Je réfléchis. Non. À la vérité, ça ne change rien. Même, c'est encore mieux qu'avant.
– Harold ?
– Oui, mon vieux Ed ?
– C'est quoi au juste, un sylphe ?
Harold se renverse en arrière. Il rit encore. Je ne l'ai jamais vu rire autant. Pourtant, je n'ai pas vraiment l'impression que ce soit le moment. Peut-être qu'il rit parce qu'il a peur, lui aussi, et qu'il ne le montre pas.
– Les sylphes sont les gardiens des forêts. Ce sont des gens à part, qui autrefois habitaient

nombreux dans les arbres un peu partout, haut perchés, le plus près possible de la Lune, qui est leur divinité. Il y en a moins aujourd'hui. Ils vivent éloignés du monde et n'interviennent que rarement dans sa marche. Que veux-tu savoir de plus ?

– As-tu des parents ?

– Oui. Mon père est le roi des sylphes. Un jour, je prendrai sa succession et je porterai sa couronne de frêne.

– Alors, t'es un vrai prince ?

– Si je survis jusque-là.

– Mais pourquoi toi ? Pourquoi ce n'est pas ton père qui vient chasser cette sorcière ? Ou quelqu'un de ta race ?

– Quand j'ai eu cinq ans, ma mère est descendue des montagnes pour me voir. Elle m'a révélé mes véritables origines et aussi la mission dont j'étais investi. Il est écrit que nul autre que moi ne peut l'accomplir. Elle m'a montré le sirkhawn dans le coffre de grand-pa. J'ai compris.

Je suis ébloui par tant de révélations merveilleuses, même s'il y a un détail qui me chagrine :

– Et Mr Sanghorn, alors, c'est pas ton vrai grand-père ?

Harold secoue la tête. Je sens qu'il n'a plus envie d'en parler, et c'est dommage, parce que moi j'aurais plein de questions à lui poser. Mais il dit :

– Allons, Ed. On nous attend en bas...

Il y a de la mélancolie au fond de ses yeux. Là, comme ça, il ressemble bigrement à un garçon tout à fait normal. Il porte un anorak bleu à col fourré et un bonnet qui cache ses oreilles, ses oreilles de sylphe. N'empêche, je sais bien, moi, que ce n'est qu'un déguisement. Comme les illusionnistes qui font croire au public qu'ils sont très maladroits pour réussir des trucs encore plus étonnants.

Je ne suis pas long à me préparer, parce que j'ai dormi tout habillé par peur d'être à la traîne.

Nous descendons. Une douzaine d'hommes emmitouflés dans des manteaux sont là à bavarder en buvant du café. Ils portent des bonnets et des lunettes noires. On dirait des taupes. Mais les taupes n'ont pas de sacs à dos ni de fusils. En plus, ce sont des vrais fusils, et ils sont rudement beaux. Si ce n'était pas si lourd, j'aimerais bien qu'on m'en donne un aussi.

Je reconnais des employés de la scierie. Il y a Mr Hackendown, le Dr Lifford et plein d'autres. Mr Dern est là aussi. Il vient vers moi. Je baisse la tête. Je sais ce qu'il va dire.

– Tu étais avec eux, hein, Willoughby ? Ceux qui ont balancé des pétards dans mon jardin ? Ne dis pas le contraire... Tu vois, ça ne porte pas chance de faire des bêtises. Regarde ce qui est arrivé à tes pauvres camarades.

Et je sais bien qu'il a raison.

– Oui, m'sieur.

– Je n'ai pas dit à ta maîtresse que tu étais dans le coup.

– Merci, m'sieur.

Harold s'impatiente.

– Viens, Ed. On nous attend.

Il m'entraîne en direction de la table où son grand-père, le shérif et le Dr Lifford sont rassemblés autour d'une carte de la région. Ils parlent à voix basse, et pourtant il y a un sacré boucan et personne ne pourrait les entendre. Quand on approche, ils se relèvent et regardent Harold avec un drôle d'air. Je me demande s'ils n'ont pas un peu peur de lui. Moi, en tout cas, je n'ai pas peur. Harold, c'est toujours mon copain, qu'il soit un sylphe ou autre chose.

– Nous sommes prêts, fils, dit Mr Sanghorn. Nous allons partir.

Harold jette un coup d'œil discret au reste du groupe.

– Est-ce qu'ils sont au courant ?

– Rassure-toi, Harold, dit gentiment Mr Doyle. Hormis nous trois, les autres ne savent que le strict nécessaire. On leur a juste demandé de s'armer, au cas où nous tomberions sur des loups. Il se peut que nous en rencontrions aussi, après tout.

– Il faut partir pendant que les arbres dorment encore, répond Harold. Vos cartes sont inutiles. Je vous guiderai.

– La neige a cessé, mais on aura du mal à passer...

– Je trouverai un chemin. Le pouvoir d'Amatkine est impuissant en certains endroits de la forêt, surtout ceux où les miens ont vécu autrefois. Ailleurs, il faudra nous méfier.

Il est drôle, Harold. Il parle des arbres comme s'il s'agissait de personnes vivantes, alors qu'on sait tous qu'ils ne peuvent ni bouger, ni parler.

– Tu serais étonné de la façon dont les arbres communiquent, ajoute-t-il en se tournant vers moi. Amatkine apprendra vite que nous sommes sur sa piste.

Ma parole ! Est-ce qu'il peut aussi lire dans ma tête comme ma mère ? Ce n'est pas juste que tout le monde puisse savoir ce que je pense.

– Ed !

Je me retourne.

Mes parents sont venus m'embrasser et je trouve ça très chouette. Ils me serrent sur leur cœur. Je suis triste de les quitter, bien sûr, mais je serais encore plus triste de ne pas partir. D'ailleurs, je vais revenir bientôt. Avec le scalp de la vieille accroché à ma ceinture, non mais !

Mr Doyle se lève et réclame le silence général.

– Ceux qui partent, en route s'il vous plaît !

Harold et son grand-père sont déjà dehors. Ils discutent à voix basse dans le petit matin.

Nan aussi vient d'arriver, et elle est emmitouflée dans un beau manteau. Elle a son bonnet d'où ses cheveux dépassent, ses cheveux qui sentent si bon. Elle est venue accompagnée de ses parents qui ont l'air très fatigués.

Dès qu'elle aperçoit Harold, elle court vers lui. Je m'approche du carreau gelé pour les observer. Elle lui saute au cou et le serre très fort. Harold est bien embêté. Il regarde son grand-père qui sourit à côté. Ils restent un long moment comme ça, l'un contre l'autre. Puis elle colle brusquement ses lèvres contre les siennes, avant de s'échapper, comme si elle avait peur d'être grondée.

Ça me fait tout drôle. J'ai la gorge qui brûle, et mon ventre aussi. Pour un peu, j'aurais envie de pleurer. Mais comme dit le seigneur des Mutants qui est un chouette dessin animé qui passe à la télé : « La vie est un enfer pour ceux que l'humanité repousse. »

– En route, mon gars, dit le Dr Lifford en posant sa main sur mon épaule.

Il me sourit et me tend un mouchoir. J'ai les yeux qui coulent mais seulement parce que je suis enrhumé. Les éclaireurs ne pleurent jamais, sinon personne ne leur ferait confiance et ils resteraient toujours derrière. Et moi, je ne veux pas rester derrière.

Les adultes se sont rassemblés dehors. Le ciel est devenu plus clair, entre-temps. Il va faire jour. Je passe près de Nan sans qu'elle me voie. Dans la bousculade du départ, elle n'a d'yeux que pour Harold, qui se trouve en tête de la colonne, aux côtés de son grand-père. Je crois que je ne l'aimerai plus jamais pareil, et ça me donne plus de courage pour avancer avec les autres. Cyrus et ses parents guettent notre passage un peu plus haut dans la rue. Le pauvre Cyrus est tout blanc. Il n'a pas dû beaucoup dormir. Il me glisse quelque chose dans la poche.

– Qu'est-ce que c'est ?

– Chhhut ! C'est une montre qu'on m'a offerte pour ma fête ! Garde-la, ça peut être utile.

Nous, à l'école, on n'y avait jamais cru, à son histoire de montre, à Cyrus, puisqu'il ne la mettait jamais. Finalement, Cyrus, c'est pas sûr qu'il ait toujours raconté des mensonges.

Je n'ai pas le temps de lui dire merci, sinon je vais me mettre en retard. Une montre, c'est extra. Surtout que mon père dit toujours que je suis trop tête en l'air pour en avoir une. Je me dépêche de l'attacher à mon poignet. Nous entrons dans la forêt. Il y a des doigts de brouillard qui serrent les troncs comme pour les étrangler et c'est drôlement inquiétant.

Harold n'hésite pas, lui. Il marche devant comme s'il suivait une route qu'il était seul à voir. Je ne sais pas si c'est exprès, mais là où nous marchons, la neige est moins épaisse. On avance plus facilement, surtout moi. Mr Doyle a recommandé que personne ne parle ou ne fasse du bruit, alors on entend seulement le scrouish-scrouish des bottes et le cling-cling des fusils. Il n'y a pas à dire : un fusil, ça rassure drôlement. Je comprends mieux pourquoi les héros à la télé ils ne l'oublient jamais dans leur chambre comme moi j'oublie mes affaires de gym.

Au bout d'un moment, le terrain part en pente et on s'enfonce entre deux falaises de neige qui sont plantées de jeunes sapins dont certains sont à moitié déracinés. On suit le ravin où je suis tombé l'autre fois, quand la sorcière a failli m'attraper. J'ai failli ne pas le reconnaître, tant la neige a tout recouvert. J'ai la gorge sèche, d'un coup. Je regarde en l'air. Les arbres sont immobiles au-dessus de nous. Je repense à ce qu'a dit Harold au sujet des bons et des mauvais arbres. De quelle sorte sont-ils, ceux-là ?

J'ai bougrement envie de lui demander – bien qu'on ait imposé le silence à tout le monde, et à moi en particulier, mais moi j'aime beaucoup parler, et alors c'est plus difficile que pour les autres. Mais au même moment, un beau rayon de soleil traverse les branches et ça nous réchauffe drôlement parce que nos visages, ils sont déjà gelés. C'est bien agréable. Malheureusement, il faut continuer. Les rochers de chaque côté deviennent plus hauts, et ils cachent le soleil. Le ravin plonge devant nous comme un toboggan. On descend. Il fait de plus en plus froid. Mais ce n'est pas pour ça que je commence à trembler.

J'ai l'impression que ça va mal finir, et j'ai bien envie de faire demi-tour.

Nous devons être loin du village. Nous avons beaucoup marché et mes jambes sont de plus en plus lourdes. Je n'ose pas demander à Mr Dern de me prendre sur ses épaule car lui aussi il a l'air d'avoir du mal à tenir la cadence. C'est que Harold, il avance drôlement vite, et qu'il irait deux fois plus vite si les hommes ne peinaient pas derrière. Quand il marche, c'est à peine s'il touche le sol, parce qu'il ne laisse aucune empreinte derrière lui, je ne sais pas comment il y arrive.

Autour de nous, c'est plein de rochers noirs qui ressemblent à des truffes, et j'imagine qu'il y a de grands chiens enterrés sous la neige, dont on ne voit que le nez. La neige est devenue si épaisse que, par endroits, elle me monte jusqu'à la ceinture. Harold me donne la main et c'est une veine parce que sans lui, je resterais planté comme un piquet. Depuis un moment, le vent s'est levé et de la poussière froide me rentre par le nez. On est de l'autre côté de la vallée. Je n'y suis jamais allé, même pas en autobus avec Miss Baldwin quand on part ramasser des feuilles mortes à l'automne.

Ça grimpe, et ça, c'est pas un cadeau. Pour les adultes c'est moins dur, parce qu'ils ont des piolets, mais pour les petits garçons un peu gros, c'est l'enfer. Quand on arrive en haut, j'en peux plus. J'ai envie d'appeler mon papa et ma maman pour qu'ils viennent me chercher, et j'ai aussi envie d'être au chaud dans mon lit, et pas ici, avec ce vent qui siffle aux oreilles.

Heureusement, Harold fait signe à son grand-père qu'il vaut mieux s'arrêter.

– Tu as raison, garçon. Faisons une pause !

Ça m'arrange bien. J'ai les jambes tellement raides que je ne peux plus les plier, et pour m'asseoir, je me laisse tomber sur une souche. Les adultes ne sont pas plus frais. Ils posent leurs fusils et leurs sacs en soufflant comme des phoques et il y a plein de vapeur qui sort de leur bouche. Ils s'assoient en cercle en se frictionnant les mains. Ils sortent des thermos et échangent du café et des biscuits. On m'en donne aussi, et je me sens beaucoup mieux après. Le café, normalement, je n'y ai pas droit, sauf tremper un sucre dedans. Être adulte, ça a quand même beaucoup d'avantages.

Harold reste silencieux. Il n'est même pas essoufflé.

– À quoi tu penses ? je murmure car il est encore interdit de parler fort.

Il regarde autour de nous le paysage tout blanc, tout vide.

– Elle doit savoir que nous sommes en route. Même si elle ignore encore que nous allons droit sur sa tanière. Elle va certainement tramer quelque chose. Regarde...

Il tend son doigt vers un groupe de vieux sapins déplumés qui se balancent lentement, à l'écart. On dirait des comploteurs qui se murmurent des choses de branche en branche. Ça me fait une drôle d'impression.

– Il va falloir trouver un nom aux arbres que nous rencontrerons, à présent. Mais tous ne voudront pas en recevoir, ajoute Harold.

Nous grignotons notre ration en silence. Je mets un smash-gum dans la bouche. C'est mon dernier. Mr Doyle vient vers nous. Son revolver fait une bosse sous son anorak.

– Alors, Ed ? Toujours en forme ?

– Ça va, Mr Doyle, je réponds en souriant, des fois qu'il serait tenté de me laisser derrière.

– Pour l'instant, le ciel est encore clair, pour ce qu'on en voit !

– Ça ne durera pas, dit Harold, et il n'a pas

l'air de croire tellement ce que la météo a annoncé. Il vaudrait mieux repartir au plus vite.

Mr Doyle ne répond rien. D'un coup d'œil, il quête l'avis de Mr Sanghorn qui se réchauffe non loin de là comme il peut. Celui-ci fait oui du menton, et pour donner l'exemple, il se lève en remettant son fusil sur l'épaule. Y a pas : c'est Harold le vrai chef !

Mr Doyle vide ce qui reste de sa tasse de café dans la neige avec un soupir. Les autres ont déjà compris et ils obéissent en grognant. Moi je vais mieux. J'ai moins envie de retourner chez moi, dans mon lit. Je crois que plus tard, je serai content d'avoir été là. Je m'en souviendrai comme on se souvient d'un bon anniversaire où il y a eu plein de cadeaux...

À la montre de Cyrus, il est presque midi.

Le brouillard nous tombe dessus sans crier gare. Il a dû se glisser à plat ventre derrière nous comme un traître, parce qu'on ne l'a pas senti venir. Il nous a avalés, d'un coup. Houps ! Et tout est devenu blanc. On ne distingue plus le ciel du sol et on est bien obligé de s'arrêter, sans quoi on serait fichu de se cogner dans les arbres.

Derrière moi, les adultes ne sont pas contents. Ils disent des gros mots qui fâcheraient beaucoup ma mère si elle les entendait.

Moi, j'en profite pour en dire aussi, il n'y a pas de raison. Sûr que c'est pas de veine. Avoir fait cette longue route pour tomber dans une telle purée de pois ! Mr Doyle vient aux nouvelles – enfin, je crois qu'il s'agit de Mr Doyle à cause du chapeau de cow-boy. Je n'arrive même pas à voir le bout de mon bras.

– J'ai l'impression que les ennuis commencent.

Sa voix est toute déformée. On dirait que les mots lui tombent sur les chaussures.

– On ne peut pas aller plus avant. On va se casser la figure, ajoute Mr Dern. Il peut y avoir des crevasses par ici.

– On ferait mieux de s'arrêter là où nous sommes. Manquerait plus qu'on se perde, lance quelqu'un que je ne vois pas.

– Non, tranche Harold. On ne doit pas se retarder. Moi, je continue.

– Voyons, Harold, sois raisonnable ! Personne ne connaît assez bien la forêt pour continuer dans ces conditions, insiste Mr Doyle.

– Moi, si, persiste Harold, et Harold, quand il veut, il est drôlement têtu.

– Dites-lui, vous, Timothy...

Mr Sanghorn ne répond rien. Il n'est qu'une ombre à mes côtés. Harold n'en démord pas.

– Amatkine est rusée. Elle cherche à nous dissuader. Si vous restez en file derrière moi, je pourrai continuer à vous guider. On ne se perdra pas.

Mr Doyle retourne auprès des adultes qui se serrent les uns contre les autres. Ils discutent ferme. Harold se penche vers moi.

– J'ai eu tort. On n'aurait pas dû les emmener. Ils ne font que nous retarder et le temps presse.

Moi, j'aime bien la façon dont il parle des adultes. Mr Doyle revient là-dessus.

– Désolé, Harold, mais les gars sont fatigués. Ils s'étonnent depuis un bon moment déjà que nous avancions sans suivre aucune piste. Il faut les comprendre. Ils ont une famille, aussi. Ils tiennent à leur peau. Ça serait une folie d'aller plus loin. Il y a des crevasses par ici.

Harold hoche la tête.

– Je comprends. Mais moi, je dois continuer. Quand le brouillard sera levé, retournez simplement au village. Merci de nous avoir aidés jusque-là.

Mr Doyle veut parlementer. La situation l'embarrasse. Il n'a pas envie de voir des enfants tout seuls dans ce coin perdu, et là, il n'a pas tort.

Mr Sanghorn intervient.

– Harold a raison. Je crois aussi que la route s'arrête ici pour une compagnie nombreuse. Nous allons continuer seuls, Harold, Ed et moi.

Il semble prêt à suivre son petit-fils quoi qu'il

décide. Je ne suis plus si sûr de vouloir trouver la tanière de la sorcière. Le froid traverse mes semelles et mes chaussettes, et pourtant j'en ai mis plusieurs l'une sur l'autre. Je ne sens plus mes pieds, ni le bout de mon nez. Et en plus, j'ai rudement faim.

Harold me prend la main.

– Tu peux rester avec eux. Ed, je ne t'en voudrai pas, tu sais...

– Non, bien sûr ! je me récrie. Quelle drôle d'idée !

Je suis une andouille. Tout ça pour montrer que je suis un vrai héros. J'ai brûlé tous les ponts, comme il dit le seigneur des Mutants, mais moi je ne suis pas le seigneur des Mutants, juste un garçon qui commence à avoir le ventre vide. À la télé, ils n'ont jamais faim, je sais pas comment ils font. Mais Harold, c'est mon seul vrai ami. Je ne peux pas le laisser tomber. On dit au revoir à Mr Doyle, à Mr Dern et aux autres. Ça me rend un peu triste de les abandonner. Mais Harold, lui, il a l'air plutôt soulagé. Il me prend par la main et on plonge dans le ventre du brouillard. Déjà, on ne voit plus leurs silhouettes. On dirait qu'elles ont été effacées d'un coup de gomme. Mr Sanghorn marche derrière nous, son gros fusil à la bretelle.

En passant près des sapins barbus, j'ai l'impression d'entendre des rires.

NUIT DANS LA NEIGE

Je ne sais pas comment Harold fait pour aller aussi vite sans repère. Il a le chic pour détecter les obstacles qui sont sur notre route, et je trouve ça très fort parce qu'on ne voit pas grand-chose du paysage, sauf des taches sombres, et encore. De temps en temps, il marmonne tout seul, comme Mr Hackendown dans son magasin quand il met son crayon derrière l'oreille. À mon avis, Mr Doyle et les autres ont eu tort de ne pas lui faire confiance, il pourrait se repérer les yeux bandés dans la forêt, Harold. Sans blague.

Depuis qu'il me donne la main, je sens moins la fatigue et j'ai moins froid. J'ai aussi l'impression d'avancer plus vite, mais c'est peut-être rien qu'une impression.

Nous sortons du brouillard d'un coup, ploc, comme des souris hors d'un trou. Ça fait comme quand je me réveille le matin et que, devant mes yeux, c'est tout brouillé. On se trouve sur le flanc d'une colline neigeuse, où il y a des rochers si noirs qu'on dirait des bonshommes de cendre assis qui font semblant de dormir. Les arbres sont moins nombreux, et plus petits. On dirait qu'ils ont été brûlés par la foudre.

Loin en bas coule un torrent. Mr Sanghorn prétend que ce torrent, c'est le même qui passe près du village et de la station-service du papa de Cyrus, mais ça, j'ai du mal à le croire, parce qu'il est plus petit et, aussi, il fait plus de mousse. Plus loin encore, s'étend une grande plaque brillante qui ressemble à un bouclier qu'un géant de dessin animé aurait oublié là. Je me demande si c'est le lac dont nous a si souvent parlé la maîtresse, le lac où personne n'a jamais pu s'installer.

On fait halte, Harold n'a pas l'air fatigué et je me demande s'il n'a pas des jambes de rechange, parce que les miennes sont si lourdes que je les sens à peine. Il se frotte les mains :

– On a réussi ! Nous ne sommes plus loin, maintenant.

Il se tourne vers son grand-père. Celui-ci a l'air mal en point. Il respire difficilement. D'un coup, on dirait un très vieux monsieur tout blanc. Il est penché en avant, une main sur son genou. Il fait une grimace.

– Encore un effort, grand-pa. J'ai repéré un endroit dans les roches où nous pourrons faire un feu sans être vus. Juste après le prochain tournant.

– Ça va aller, ça va aller, fils... répond Mr Sanghorn et de la vapeur sort très vite de sa bouche quand il parle.

Au-dessus de nous, le ciel devient de plus en plus sombre. La nuit ne va pas tarder. Je n'ai pas peur à l'idée de dormir en pleine nature, même si c'est la première fois – parce que la fois où j'ai voulu faire du camping dans le jardin avec ma couverture mais que je n'ai pas pu à cause des fourmis qui passaient sous mon pyjama, ça ne compte pas. Je suis si fatigué que je pourrais dormir n'importe où.

Les derniers mètres sont durs pour arriver au coin dont a parlé Harold. Mais enfin nous y voilà. C'est une cuvette qui est abritée du vent par les rochers. Harold coupe des branches dans les taillis alentour et se charge d'allumer un feu dans un coin de rocher. On pose nos sacs tout à côté. J'aurais jamais cru que je pourrais avoir aussi froid, ni qu'un feu me ferait aussi plaisir.

On se serre les uns contre les autres, et on se réchauffe comme on peut. Je peux vous dire que ça fait du bien. Mr Sanghorn frissonne. On dirait qu'il est malade. Harold lui jette souvent des regards inquiets.

On fait chauffer de l'eau. On partage les biscuits et aussi le potage en sachet, qui est le même qu'à la maison, même si ici, il a meilleur goût. Et ça, c'est un moment super-chouette que je n'oublierai jamais. Après, ça va beaucoup mieux. On oublie un peu nos soucis, et aussi qu'on a mal partout. On se repose. J'ai chaud partout. Ma tête tombe toute seule.

– Nous verrons le repaire d'Amatkine à l'aube, murmure Harold, qui a l'air de se méfier de la nuit qui tombe vite, maintenant. Il se trouve sur l'autre rive du lac gelé.

– C'est quand même vachement loin, je fais en bâillant. Comment tu as pu y aller et revenir dans la même journée ?

Il sourit. Il respire profondément le vent de la nuit. Il est dans son élément ici, Harold. Et ça se voit.

– Je vais plus vite si je suis seul. Ne bougez pas. Je grimpe sur ces rochers pour faire le guet. Endormez-vous tranquillement. Je suis tout près.

Et avant qu'on ait pu le retenir, il s'est déjà volatilisé.

– Et vous le laissez faire ? je m'étonne auprès de Mr Sanghorn.

Le vieil homme secoue la tête. Il n'a pas beaucoup parlé depuis notre départ. J'imagine qu'il a une grande tristesse dans le cœur. Il sort sa pipe et la coince entre ses dents.

– Qu'est-ce que je peux faire, mon gars ? finit-il par répondre. Il est libre comme l'air, comme l'oiseau. Je n'ai aucun pouvoir sur lui et je ne veux pas en avoir. Il ne m'appartient pas, tu sais. Je l'ai eu en garde, un jour, voilà tout. Il est à son vrai peuple qui habite loin d'ici, dans les montagnes du nord. Et s'il s'en sort indemne, il repartira vers eux.

Il regarde fixement le feu. Au loin, on entend soudain un long « Hooouuu ! » et je sursaute sous ma couverture. Mr Sanghorn a un petit rire.

– Pas d'inquiétude. C'est un loup qui appelle sa femelle.

– Un loup ! je m'exclame, effrayé. Il y a encore des loups, par ici ?

– Beaucoup moins qu'autrefois, mais il y en a encore bien assez. Dans le temps, c'était la nuit tout entière qu'ils braillaient. Et nous, autour d'un grand feu, nous les chasseurs, on les écoutait, le fusil sur les genoux. Quelle époque magnifique... Nous étions en guerre contre eux. Ils tuaient le bétail, ils tuaient les voyageurs perdus, aussi, n'empêche... Je suis moins sûr qu'un homme vaille un loup, aujourd'hui. Écoute... Écoute-le comme il hurle. Tu te sens seul, mon gaillard ! Personne ne te répond plus...

D'un autre côté, il y eut comme un écho.

– Dieu soit loué, fait Mr Sanghorn en

hochant la tête. Un monde où les loups ne se répondent plus est un monde qui se meurt, Ed mon gars ! Qui se meurt, tu peux me croire...

– Comment avez-vous trouvé Harold, Mr Sanghorn ?

– Ah ! Harold...

Il soupire. Il tire sur sa pipe. Des brindilles pétaradent dans le feu.

– C'était il y a juste neuf ans, je chassais pas très loin d'ici pour ma dernière expédition. Je savais déjà que je devrais me reconvertir, trouver un job à la scierie ou dans la vallée. On allait interdire la chasse aux loups. Leur nombre avait diminué de trop. Depuis deux jours je suivais la trace d'un gros mâle qui avait fait des dégâts dans un troupeau plus au sud. Je le serrais de près.

« À un moment, j'ai escaladé un rocher pour tenter de le repérer dans la lunette de mon fusil. Je l'ai aperçu qui trottinait en bordure de la forêt, à deux cents mètres, le museau au ras de la neige. C'était un mâle énorme et noir comme de la suie. Un vrai diable.

« Il n'a pas décelé ma présence, trop occupé qu'il était à suivre une nouvelle piste. Il s'arrêtait, puis repartait, les oreilles droites. Aux aguets. Il suivait une proie, à coup sûr. C'est marrant, ces bêtes-là. Quand elles ont décidé de vous faire la peau, c'est comme si elles pensaient à autre chose. Elles s'approchent de vous mine de rien, en faisant semblant de ne pas vous avoir vu. Il n'y a qu'au dernier moment, quand elles mordent... Là, vous voyez leurs yeux jaunes... C'est terrible.

« Tout d'un coup, un cervidé a débouché de la lisière de la forêt, une bête comme je n'en avais jamais vu avant, ni le loup non plus, probablement. Il était si blanc qu'il se confondait avec la neige. On ne distinguait de lui que ses bois noirs qui dansaient au rythme de ses bonds. Il est passé comme une flèche. Il n'a pas vu le loup. Celui-ci a bondi. Mais j'avais déjà épaulé mon fusil.

« Le coup est parti. Bam ! Le loup a boulé. Le cervidé est resté planté là, haletant, à quelques pas du carnassier qui agonisait. Il avait dû connaître la plus belle peur de sa vie. Il a regardé dans ma direction. Un regard effarouché, mais tendre à la fois. C'était un animal d'une grande beauté. J'ai voulu le voir de plus près, le toucher.

« Il m'a laissé approcher. Quand je n'ai plus été qu'à quelques pas, il a fait demi-tour et sans se presser, au petit trot, il est parti se réfugier dans l'ombre des sapins. Puis il a de nouveau levé la tête, comme pour m'inviter à le suivre. Ce que j'ai fait. J'ai enjambé le loup mort, sans même prendre la peau, tellement j'étais fasciné et je suis parti sur ses traces. J'avais le sentiment de vivre une expérience unique. Je le voyais trottiner devant moi. À intervalles réguliers, il se retournait comme pour s'assurer que j'étais toujours là. C'était comme un rêve.

« Au détour d'un chemin, il a disparu. J'en aurais pleuré de déception si je n'avais entendu alors une voix m'appeler par mon nom. Surpris, je me suis retourné. J'ai laissé tomber mon fusil de saisissement. Il y avait devant moi une femme magnifique, vêtue de voiles blancs. Elle était frêle et menue comme une toute jeune fille. Ses oreilles avaient une forme étrange, effilée. Ses cheveux étaient d'or. Ses yeux en amande remontaient vers ses tempes et brillaient d'un éclat vif.

« Je n'ai jamais vu de toute ma vie créature plus ravissante, plus exquise que celle-là. Que je sois damné si elle n'était pas comme je viens de te le dire ! Elle tenait un marmot dans ses bras, enveloppé dans un tissu brillant, une toile d'araignée, on aurait dit !

« Je suis resté sans voix, incapable de lever le petit doigt. Elle est venue vers moi en souriant. Elle m'a tendu l'enfant. Je l'ai pris contre moi, sans savoir pourquoi. Sans doute que je l'aimais déjà, sans le connaître. Je me rappelle, oui... Elle m'a parlé. J'ai perdu le souvenir précis de ses mots, mais il m'en reste la musique, ça oui...

« Je suis ressorti de cette forêt avec l'impression d'avoir le cœur en cendres, et j'avais cet enfant inconnu, cet enfant magique avec moi. Je l'ai adopté comme le mien. En sachant qu'il me quitterait un jour. Tel était l'accord... »

J'ai dû m'endormir sans me rendre compte.

On a étendu des couvertures sur moi. Un léger bruit vient de m'éveiller. En clignant des yeux, il me semble voir Harold debout devant le feu mourant. Mais il est tout brillant, comme s'il s'était roulé dans la rosée. Il se penche sur son grand-père étendu près de là et l'embrasse doucement sur le front. Je me rendors. Je ne suis pas vraiment sûr d'avoir cessé de rêver.

Au matin, la neige tombe dru et serrée. Les flocons ressemblent à des fleurs d'aubépine décrochées du ciel. L'horizon est gris sale, sauf une bande orange qui essaie de grandir à l'est, écrasée par les nuages. Notre feu s'est éteint. Il n'en reste qu'une trace noire. Le vent souffle à nouveau. Il fait bigrement froid. Je n'ai pas très envie de sortir des couvertures. Il faut partir, cependant. Les autres sont déjà levés.

Harold est posté sur un rocher, au-dessus du campement. La neige ne semble pas le déranger. Il a de la chance. Il a posé son menton sur ses genoux repliés et regarde fixement devant lui. J'ai l'impression qu'il n'a pas dormi, pour mieux veiller sur nous.

Je me demande s'il n'est pas devenu fou. Il a

enlevé son anorak, ses vêtements et enfilé une curieuse tunique en toile transparente que je ne lui ai jamais vue. C'est pas ma mère qui m'aurait laissé faire ça, mais Mr Sanghorn, on dirait qu'il trouve ça tout naturel. Il a aussi enlevé ses chaussures, laissant ses pieds à l'air, des drôles de pieds, pointus comme ses oreilles. Il porte son sirkhawn, le long poignard elfe, retenu autour de sa taille par une lanière.

Habillé comme ça, c'est vrai qu'il a l'air d'un prince.

– Salut, garçon ! lance Mr Sanghorn en m'apercevant.

Il est en train de replier notre mince matériel.

– Qu'est-ce qu'il a, Harold ? je demande.

Mr Sanghorn hausse les épaules.

– C'est un jour important pour lui. Et pour nous tous, je crois bien.

– Nous allons l'aider, n'est-ce pas, Mr Sanghorn ?

– Bien sûr, nous allons l'aider...

À la façon dont il dit ça, j'ai l'impression que nous ne représentons pas un grand secours.

Harold baisse les yeux vers moi. Il me sourit, de son habituel sourire triste qui me fait de la peine ; puis il bondit sur ses jambes et dévale les rochers comme un cabri. Bon sang, ce qu'il peut être agile ! Il vient me serrer contre lui, en me demandant si j'ai bien dormi, et je trouve ça très gentil de sa part, car je présume qu'il doit avoir d'autres soucis en tête.

Quand nous repartons, la neige s'abat de plus belle et nous avons de la peine à voir devant nous. Harold a pris la tête. Il nous fait sortir de la cuvette et contourne le flanc de la colline en prenant un passage étroit qui se faufile entre les rochers. Au bout d'un moment, nous passons la crête. Devant nous, il y a une pente douce, immaculée, qui glisse vers le torrent.

Le paysage est silencieux. Terriblement silencieux. Je ne me sens pas à l'aise, comme s'il y avait des yeux invisibles qui me guettaient de loin et ça me fait froid dans le dos. La forêt est de nouveau là. Elle forme un grand mur sombre devant nous. Les arbres, ils sont encore plus hauts que ceux près du village. Je n'en ai jamais vu de pareils. Ils doivent être drôlement vieux.

Harold marche vite. Il a l'air pressé de toucher au but. Peut-être que lui aussi il sent quelque chose de mauvais autour de nous. J'ai du mal à le suivre, et Mr Sanghorn plus encore. Je l'entends qui tousse dans mon dos.

Je rattrape Harold.

– C'est encore loin ?

Je dois crier pour qu'il m'entende, parce que le vent il emporte les mots.

– Il faut passer les arbres et on atteint le lac, répond Harold.

– Tu vas trop vite pour ton grand-père. Il n'en peut plus !

À sa tête, je vois qu'il ne s'est rendu compte de rien. Il se tourne. À cause de la neige qui tombe, c'est à peine si on voit Mr Sanghorn, là-bas, qui trébuche. Il n'a vraiment pas l'air bien.

– Tu crois qu'il est malade ?

– Viens, décide Harold, il faut l'aider.

Juste comme on rebrousse chemin, il y a un craquement terrible. Le temps de se frotter les yeux, Mr Sanghorn a disparu et un nuage poudreux flotte à sa place.

– Grand-pa ! hurle Harold.

Il se met à courir comme un fou, et j'ai beau faire, je ne peux pas aller aussi vite. Quand je le rejoins enfin, tout essoufflé, il est penché au bord d'une crevasse que personne, pas même lui, n'avait devinée tout à l'heure sous l'épaisseur de neige. C'est comme une bouche noire ouverte dans le sol, avec des dents de rochers et de glace sur les côtés. Elle a avalé Mr Sanghorn. Et elle aurait pu nous avaler aussi si nous avions été plus lourds...

Je sens une grosse boule dans ma gorge.

Harold est en larmes. Il appelle son grand-père en courant d'un bord à l'autre du gouffre qui ressemble à un drôle de sourire. Il crie et s'agite, mais il n'y a aucune réponse, juste l'écho de sa voix. Il s'arrête enfin, livide. Je ne l'ai jamais vu si malheureux. Nous restons là tous les deux, main dans la main, à regarder ce vide tout bleu, sans fond.

Nous ne pouvons plus rien pour Mr Sanghorn. Il a été englouti dans le ventre de la terre et la terre l'a digéré. C'est fini.

La neige a cessé. Brusquement.

Harold se lève et se tourne vers la forêt. Je vois que ses yeux ont la couleur dorée comme quand il a fichu une branlée à Williams, l'autre jour.

– Viens Ed ! Il faut arriver avant le jour.

Je lui donne la main. Nous repartons. Sans un mot. Le cœur lourd.

L'AFFRONTEMENT

Cette forêt, elle a l'air très vieille, plus vieille que celles qu'on a déjà traversées. Les sapins sont tout déplumés, et ils font presque pitié. Ils se penchent vers nous avec cet air supérieur qui me rappelle celui de Mr Dern qui est le petit ami de la maîtresse, et croit pouvoir nous commander à cause de ça. On dirait qu'ils murmurent entre eux. Ils doivent se demander comment deux petites pousses comme nous ont réussi à traverser leur territoire par ce temps, et j'ai bien envie de leur répondre qu'on n'est pas n'importe qui, qu'il y a là un prince sylphe et son meilleur ami. Et qu'on vit plein d'aventures, qu'on va combattre une affreuse sorcière qui habite par-là.

Harold, il se met à chantonner à voix basse, comme ma mère quand elle est à la salle de bains, et que mon père il trouve qu'elle met longtemps. Ce sont des mots que je ne comprends pas. À mon avis, il est en train d'inventer des noms pour les arbres dans sa langue. C'est peut-être aussi bien. J'ai pas l'impression qu'on soit bienvenus par ici. Je m'amuse à l'imiter dans ma tête, mais j'ai beau chercher, c'est pas génial, et les arbres ils doivent le savoir parce que je me prends souvent les pieds dans des racines.

Harold s'arrête soudain et il me regarde l'air en colère.

– Ed ! Cesse donc de me compliquer la tâche avec tous ces noms idiots. Crois-tu qu'ils soient sourds ? Les arbres entendent tout. Même ce qu'on pense.

– Je suis désolé.

– Heureusement, ils ont tout de suite compris que tu étais un « bambulla-dann »...

– Un « bambulla dann » ? C'est quoi ?

– C'est intraduisible.

Peut-être bien. Mais à mon avis, ça doit signifier quelque chose comme « idiot du village » ou « gros nigaud » et ce genre de choses. Il ajoute pour me consoler :

– Quand je suis venu, hier, ils montaient la garde pour la sorcière. Mais ils m'ont reconnu, je crois, et le charme s'est dissipé. Les miens habitaient sur les bords du lac il y a bien longtemps. Les arbres se rappellent et ils regrettent ce temps-là. Depuis, ils n'ont pas permis aux hommes de venir les déranger. Ce sont de très anciens arbres et très sages. Ce sont nos alliés, maintenant. Ils nous protègent des regards d'Amatkine. Ne t'avise pas de te moquer d'eux.

– Pardon. Je suis vraiment désolé.

En disant ça, je m'adresse aux arbres qui nous entourent et semblent renifler avec mépris. Moi, ça m'étonnerait qu'ils fassent autant de choses qu'il dit, Harold. Un arbre, c'est jamais qu'un arbre. Mais dans le doute, il vaut mieux faire attention. Après tout, si les sylphes et les sorcières existent vraiment, il se peut que les arbres aient une vie que les adultes ont oubliée.

Maintenant, les branches on dirait qu'elles s'abaissent vers nous, et nous recouvrent comme les ailes d'un oiseau. Elles sont si serrées qu'elles forment un toit qui empêche la neige de passer. Le vent siffle là-haut, mais il ne peut nous atteindre là où on est. Il fait presque nuit, là-dessous, et l'air commence à sentir mauvais. Je ne sais pas si ces arbres-là sont nos alliés, mais je suis sûr que s'ils voulaient, ils pourraient nous étouffer en un clin d'œil, et oups ! personne n'entendrait plus jamais parler de nous.

Harold s'arrête soudain. Il met un doigt sur ses lèvres pour me faire comprendre qu'à partir de maintenant, il ne s'agit plus de bavarder.

Nous devons être tout près du but. Je jette un coup d'œil à la montre de Cyrus.

– Harold, il est midi !

– Je sais, dit Harold, qui pourtant n'a pas de montre.

Je crois que je ne pourrai jamais plus entendre sonner midi sans avoir un peu peur.

On débouche d'un coup au grand jour. On est ébloui par le soleil. Devant nous s'étend une clairière. On ne dirait pas une clairière naturelle. Il y avait certainement des arbres là, avant, mais on dirait qu'ils ont été arrachés car on voit des souches un peu partout, des souches noires sorties du sol avec leurs vilaines racines. Au fond, j'aperçois enfin la tanière dont Harold a parlé. On dirait une vilaine croûte collée aux rochers, avec une cheminée très haute, qui vomit de la fumée grise qui pue. Elle est construite tout de guingois sur un socle de grosses pierres.

J'ai brusquement envie de faire demi-tour. Je suis terrifié rien qu'à regarder cette affreuse bicoque. Comme je regrette que Mr Sanghorn ait disparu, comme je regrette que Mr Doyle et les autres ne soient pas derrière nous, avec leurs fusils. Je trouverais ça plus rassurant.

Mais Harold me prend la main, et nous traversons la clairière en catimini, en profitant des souches et des trous pour nous cacher autant que possible. Seulement cette fois, j'ai pas très envie de jouer à l'éclaireur. Tout est désert, et il y a cette affreuse fumée qui sent mauvais. On se blottit tout près de l'entrée et j'aime autant vous dire que je serre les fesses.

– Harold ! je me plains. On ne va quand même pas entrer là-dedans ? Si elle nous piquait ici, tu te rends compte ? Et puis, elle est peut-être là, tu ne crois pas ?

Harold fait signe que non. C'est vrai qu'on n'entend aucun bruit de l'intérieur. La porte de la cabane n'est pas fermée et pour moi, ça n'est pas bon signe. Harold, il s'est déjà levé et il est entré, son sirkhawn à la main. Je me dépêche de le suivre. Pas envie de rester seul dehors.

L'intérieur est un infernal bric-à-brac pour ce qu'on peut en voir, car il fait vraiment très sombre, ici. Il n'y a qu'une seule fenêtre. Elle ne laisse pas entrer beaucoup de lumière, rien qu'un rayon jaune et sale. J'aurais dû le savoir, les sorcières ne sont pas de fameuses ménagères. On marche dans les ordures. On dirait plutôt la caverne d'un animal. Il y a une paillasse dans un coin, où grouillent des insectes. Je sens que je vais être malade si je reste plus longtemps ici. Harold, il me montre une table bancale tout encombrée de fioles aux formes étranges.

Le plus impressionnant, c'est surtout

l'énorme chaudron. Il est posé au milieu sur de grosses pierres, au-dessus d'un feu qui vient d'être allumé, et moi ça ne me rassure pas trop, parce qu'il est peut-être pour nous, le chaudron. Surtout qu'à l'intérieur il y a une soupe grasse qui bout, où on voit des morceaux de je ne sais trop quoi qui flottent, et ça m'étonnerait que ça soit bon à manger. La fumée qui s'en échappe file dans la cheminée. Voilà d'où vient l'affreuse odeur qu'on respire si loin dans la forêt.

À mes côtés, Harold regarde aussi. On fait le tour du chaudron. La cabane est plus grande qu'on le croirait vue du dehors. Je butte sur quelque chose qui fait « cling ! ». Je me baisse pour le ramasser.

– Oh, mince ! je m'exclame.

Harold se penche par-dessus mon épaule.

– C'est un canif, et alors ?

J'appuie sur le ressort qui fait sortir la lame.

– Il appartenait à Williams, je murmure. Il l'avait la fois où on est allé chez Mr Dern. Il est ici, alors. Et les autres aussi, certainement...

– Ed, il faut que je te dise...

Je ne le laisse pas finir. Je viens d'apercevoir une rangée de poupées suspendues à une poutre basse. C'est pas que j'aime les poupées, parce que je suis un garçon et que les garçons préfèrent les revolvers, mais celles-là, elles ont un air marrant, comme les marionnettes qu'on voit à l'école une fois par an.

– Regarde, Harold !

Je trouve plutôt drôle qu'une vieille sorcière fasse collection de jouets comme une petite fille. Je m'approche pour toucher, parce que j'adore toucher ce qui ne m'appartient pas ou qui est défendu.

– Ed, dit Harold. Il ne faut pas rester. Elle ne va pas tarder à revenir. Il ne faudrait pas qu'elle nous coince ici.

– Rien qu'une seconde, attends.

– Ed, laisse ça tranquille, viens.

Je suis étonné. Après tout, c'est quand même lui qui a insisté pour qu'on entre et pas moi. Et maintenant que je me suis habitué à l'odeur, et que j'ai moins peur, je n'ai pas très envie de retourner au froid. Il fait meilleur, ici. Et puis il y a les poupées et j'ai vachement envie d'en piquer une.

– Non, Ed ! il crie Harold.

Il arrive si vite que j'ai peur. Il tient un bout de bois enflammé pris sous la marmite. Il éclaire les poupées en plein. Elles sont vilaines. Elles ont la peau brune et toute sèche. En plus, elles sont habillées exactement comme Nelly Launder, Williams et les autres, et elles leur ressemblent tellement ! C'est seulement dommage qu'elles fassent ces affreuses grimaces, même si pour Nelly, ça fait plus ressemblant et...

– Aaaaah ! je crie.

Soudain, je comprends. Je lâche celle que je tenais comme si ça m'avait brûlé la main et je mords mon poing. Mes jambes deviennent si molles que je vais probablement fondre sur le sol comme un cornet de glace. Harold me prend par l'épaule.

– Ce ne sont pas des poupées, Ed. Ce sont eux, ce sont nos copains. Amatkine ne mange pas les enfants. Elle les réduit pour en faire ça. Des poupées qu'elle suspend sous son manteau ou dans sa cabane. C'est un rite qui lui permet de conserver ses pouvoirs, et sa longévité. Pour le reste...

Il regarde en direction du chaudron qui continue de faire « blop-blop ». J'ai les yeux brûlants. Je sens que je vais pleurer. Ou m'évanouir.

– Viens, il faut filer maintenant.

Il me pousse doucement vers la sortie, mais tout d'un coup, il s'arrête, comme si une idée l'avait traversé. Il retourne devant les poupées et les examine une par une. Il m'appelle. Il a l'air excité. Moi, je ne bouge pas. Je n'ai pas le courage de regarder une seconde fois.

– Ed ! Il manque celle de Lydie ! Elle doit être encore vivante, quelque part par-là. Aide-moi à chercher !

Lydie ! La petite sœur de Nan, avec ses bonnes joues rouges ! Secoue-toi, mon vieux. Ed ! Secoue-toi ! J'imite Harold qui s'est mis à fouiller partout. On se bouscule. On regarde dans les coins. Si seulement on avait un peu de lumière ! Je me prends les jambes dans quelque chose et je m'étale de tout mon long.

– Mmmmhhh... se plaint une petite voix près de moi.

– Harold ! je crie. Ça y est !

En deux enjambées, il m'a rejoint. On défait le paquet de vieux linge, un paquet qui bouge et pousse des cris. Avec son long poignard, Harold a vite fait de l'ouvrir, et dans le rayon de soleil apparaît Lydie qui se frotte les yeux, éblouie. Elle ne pleure même pas. Elle a l'air complètement hébétée.

– Lydie !

On la serre contre nous. C'est Nan qui va en faire une tête, et ses parents, donc ! Bien sûr, elle est sale et tremble comme une feuille, mais au moins elle est vivante, bien vivante ! On est là en train de rire et de pleurer quand tout d'un coup, une ombre passe sur nous, comme si un grand oiseau venait de cacher le soleil.

– S'ils ne sont pas mignons, ces adorables chérubins ! ricane une voix grinçante qui me donne la chair de poule. Oui, des anges... des anges ma chère !

Lydie pousse un cri aigu et moi je reste

bouche bée. Elle est là, debout sur le seuil. Ses yeux brillent comme des boutons de verre. On ne voit plus qu'eux dans la nuit qui vient d'envahir la cabane. Elle écarte les pans de son manteau mité pour nous barrer le passage. Elle porte un tranchoir à la ceinture, et aussi des quantités d'autres poupées attachées comme les porte-clés qu'on donne à la station-service. Là, je sens que je vais vomir de peur.

Harold se redresse d'un bond. Elle recule en voyant son poignard. Elle ne sourit plus maintenant, mais elle fait une horrible grimace, pareille à celle des poupées. Elle secoue ses longs cheveux d'argent qui grouillent de vermine et tend un affreux doigt maigre vers mon camarade.

– Oh ! toi, sale petite chiure de sylphe ! Tu as laissé ton odeur partout dans la forêt et les arbres m'ont empêchée d'arriver ici à temps. Tu les as pervertis. Oui, tu les as détournés de moi en leur contant des mensonges, de vilains mensonges tout faux ! Mais tu ne nuiras plus. Non, tu ne nuiras plus à la vieille Amatkine ! Je suis l'amie des enfants. Oh ! oui, l'amie des enfants... Les enfants aiment la vieille Amatkine... Ils la suivent quand elle les appelle... À midi. Quand ils sont bien sages...

Elle prend le tranchoir qui pend à sa ceinture. Harold ne bouge pas d'un pouce, et pourtant il a l'air minuscule, en comparaison. Une lumière danse autour de lui, qui repousse l'ombre de la sorcière. Il lève son sirkhawn à hauteur de ses yeux. Moi je suis cloué à ma place, et je mets la tête de Lydie dans mon anorak. Je ne veux pas qu'elle voie ce qui va arriver.

La vieille tombe sur Harold comme un vautour déplumé. J'entends siffler sa hache. Mais lui, il a déjà fait un pas de côté. Il saute sur la table. Il donne des coups de pieds dans les fioles, et ça la met en fureur, la vieille. Elle pousse un cri de rage. Des filets de bave coulent sur son menton et c'est pas joli à voir. Elle cherche à transpercer Harold avec de grands gestes fous. Mais le sirkhawn est chaque fois sur sa route et la repousse.

Harold quitte son perchoir et atterrit dans son dos. Il est vif et rapide comme un diable, Harold. Amatkine, elle n'arrive pas à le toucher, malgré ses grands bras. Il passe de l'autre côté du chaudron. Ça la rend folle.

– Sale cafard de sylphe ! Sale cafard, je maudis ta race ! Que les loups la dévorent !

Ils se mettent à tourner, à tourner autour du feu, feintant et plongeant chacun à son tour, cherchant à s'atteindre mutuellement. C'est un combat terrible. Un combat pour de vrai. À mort.

Harold s'empare d'un bâton suspendu au mur, il le plante sous le chaudron et fait levier de tout son corps. Il bascule avec un grand bruit et l'affreux bouillon se déverse par terre. Une main toute blanche, recroquevillée, glisse près de moi. Je sens que je vais vomir.

Amatkine n'a pas vu venir le coup. Elle glisse, tombe à la renverse, se brûle. Elle pousse des cris qui font mal aux oreilles, des cris de souris. Je suis bien content qu'elle goûte à sa soupe, cette horrible vieille, d'autant qu'elle nous aurait volontiers jetés dedans si elle avait pu ! Mais elle est bigrement maligne. Elle jette des ordures à la figure d'Harold et en profite pour se sauver dehors avec un grand rire.

Nous, on se lance aussi sec à sa poursuite. Il ne faut pas la laisser partir, sinon elle ira ailleurs, dans d'autres villages, attraper des enfants sages sur le coup de midi. Elle file vers la forêt. Elle court vite pour une vieille, si vite qu'Harold lui-même a du mal à la rattraper. Tous les deux, ils disparaissent entre les arbres.

Moi, j'essaie de les suivre, mais c'est pas facile, avec Lydie sur les bras. Heureusement, j'ai l'impression que les arbres s'écartent sur mon passage. La forêt résonne de cris bizarres qui me font froid dans le dos. Soudain, on arrive sur une corniche qui domine le lac, le grand lac gelé qu'on voyait hier dans le soleil couchant. Maintenant, on dirait un grand diamant sous le soleil de midi. La sorcière est acculée. Elle est obligée de faire face, Harold n'a pas peur. Il se jette sur elle.

Je suis mort de peur. C'est un terrible duel. Leurs deux lames s'entrechoquent avec des étincelles. Malgré sa grande force, la vieille recule peu à peu. Harold est plus vif, c'est un lutin. Il l'attaque de tous les côtés. Pouce par pouce, elle se rapproche du bord de la falaise. Sa grande silhouette se détache sur le fond du ciel blanc, terrible. Elle se défend avec la bouche ouverte, montrant ses dents noires et pointues. Harold est soudain entraîné par son élan. Elle l'attrape par la gorge avec ses longs doigts qui sont comme des pattes d'araignée.

Lydie et moi, on pousse un cri.

Harold a lâché son poignard.

La vieille le soulève comme une plume et le jette par terre.

– Harold ! je hurle.

J'abandonne Lydie. Je me mets à courir comme un fou. Mais je suis trop loin encore. Bien trop loin. La vieille se penche au-dessus d'Harold. Elle lève déjà son affreux tranchoir. Il brille au soleil comme un trait de feu. Harold est perdu. Je me jette sur elle de toutes mes forces. Elle tombe sur le côté. Je suis gros et quand je fonce tête baissée, ça compte. Je la vois qui ouvre des grands yeux terribles. Elle se relève, avec son hachoir. Je sais que tout est fini, qu'elle ne va faire de moi qu'une bouchée.

Mais juste à ce moment, il y a un coup de tonnerre.

Amatkine pousse un cri. Une pierre se détache sous elle. On dirait qu'elle cherche quelque chose. Elle tend une main pour m'agripper. Je me jette en arrière et je tire Harold à moi. Elle se balance, comme si elle dansait au-dessus du vide, et puis elle disparaît avec un cri terrible.

Je n'en reviens pas. Harold non plus, qui a du mal à se remettre. Je regarde en direction des bois. Je vois un homme appuyé contre un arbre. Il a l'air de tenir à peine debout. Il tient encore son fusil en joue.

– Grand-pa !

– Mr Sanghorn !

Lydie a déjà couru vers lui. Harold me dépasse comme une flèche pour aller se jeter dans ses bras. On n'en croit pas nos yeux, ça non. Comment est-il vivant ? Comment a-t-il fait pour échapper à la crevasse ?

– Grand-pa ? il répète, Harold, et c'est la première fois que je le vois pleurer.

Le vieil homme nous serre tous très fort contre lui, sans un mot. Il y a du sang séché sur sa joue. On reste de longues minutes de bonheur ainsi, et je voudrais bien que ça s'arrête jamais. Puis il nous écarte doucement.

– Pas d'inquiétude, je vais bien, nous rassure-t-il avec un sourire douloureux. Aussi bien que quelqu'un qui vient de frôler la mort. Je ne sais pas comment je m'en suis tiré. Des racines ont peut-être stoppé ma chute, à moins que je... J'ai fait un curieux rêve. Il y avait quelqu'un près de moi, une femme merveilleusement belle. Peut-être. Quand je me suis réveillé, j'étais sous les arbres de la forêt. J'ai entendu des cris. Je suis arrivé juste à temps, on dirait...

– Nous avons retrouvé la petite sœur de Nan ! J'éclate de fierté comme si ce mérite me revenait, ce qui est loin d'être exact.

– Je vois ça. C'est merveilleux. (Et il la prend dans ses bras.) Mais que sont devenus les autres ?

– Nous sommes arrivés trop tard, confesse Harold en baissant la tête.

– Mais je crois que cette vieille sorcière a eu son compte.

– Nous devrions aller vérifier.

Nous nous avançons tous les quatre jusqu'au bord de la corniche. Mais, surprise il n'y a pas de corps en bas.

– Pourtant, je suis sûr de l'avoir touchée ! grogne Mr Sanghorn.

C'est même certain, sans quoi Harold et moi, on y serait passé.

– Là-bas, regardez ! crie Harold.

Lui, c'est vrai, voit plus loin que tout le monde. En mettant ma main devant mes yeux et en fronçant le nez, moi aussi, j'aperçois une petite tache noire qui s'éloigne en traînant la jambe vers le milieu du lac gelé. Amatkine est peut-être blessée, mais bien vivante. Un instant, elle se tourne dans notre direction et lève son poing. Le vent nous apporte sa méchante voix. Elle parle de loups, de malédiction, et d'autres choses que je ne comprends pas.

– Que la malédiction retombe sur toi, Amatkine, murmure Harold entre ses dents.

Il ramasse lentement son sirkhawn et, de toutes ses forces, il le lance vers elle. Le couteau brille comme un éclair dans le soleil de midi. Il retombe loin, très loin sur la glace et s'enfonce. Mais la vieille est plus loin encore et elle semble bien rire de notre dépit. Pourtant, là où le sirkhawn a été happé, il s'est formé un cratère tout fumant. On entend un craquement, puis un autre, et encore un autre. La glace se casse comme un morceau de sucre. Il y a des fissures qui se mettent à courir dans tous les sens, et c'est comme des éclairs en négatif sur un ciel blanc. On dirait qu'ils poursuivent la sorcière.

Elle a cessé de rire de son vilain rire. Elle regarde autour d'elle. Inquiète. Elle a compris. Elle se met à courir. Mais il est trop tard. La glace s'enfonce dans l'eau verte. Elle glisse. Elle essaie de se raccrocher à quelque chose. Elle bat des bras comme un oiseau pris dans un filet. Elle hurle, un hurlement horrible qui nous fait tous trembler. Puis elle culbute et disparaît dans un remous. La glace se referme sur elle. Pendant un court moment, je crois entendre des coups sourds qui sont frappés dessous. Puis plus rien. C'est fini.

Le lac est redevenu immobile.

– Rentrons, dit Mr Sanghorn.

ÉPILOGUE

C'est ainsi que je suis devenu grand. Je n'ai jamais pris cet autobus qui devait me conduire sur le chemin de l'âge adulte. Mais j'ai suivi un lutin de la forêt, à la poursuite d'une affreuse sorcière que le grand lac a engloutie à jamais. Avec le recul, je me rends compte qu'il ne pouvait exister pour moi de meilleure voie.

Je suis resté vivre dans mon village, et toute envie de le quitter m'a passé depuis ce jour lointain où nous sommes revenus, Harold, Mr Sanghorn et moi, portant dans nos bras la petite Lydie saine et sauve. Nous avons été accueillis en triomphateurs, figurez-vous, même si peu de gens ont cru à notre histoire. Les Todds ont dansé de bonheur, mais les autres, les parents de Nelly Launder, de Williams et de ses deux camarades s'en sont retournés chez eux, le cœur plein de désespoir.

Il y a eu une grande réception pour fêter notre retour. Nous avons beaucoup ri et pleuré, je m'en souviens. Dans l'allégresse générale, personne ne s'est aperçu du départ de Harold, hormis son grand-père et moi. Même pas Nan, qui était toute au bonheur d'avoir retrouvé sa petite sœur. Nous nous sommes discrètement éloignés au milieu des libations. Le temps des adieux était venu.

Harold, mon cher Harold. Mon ami le sylphe, le prince des bois. Comme il m'en a coûté de te laisser partir cette nuit-là, et comme cette fête avait pour moi une saveur amère. Je l'ai compris plus tard, c'est toute mon enfance que j'ai laissée fuir alors. Elle a disparu au fond de la forêt à jamais. Je me rappellerai toujours, au moment de la séparation, comme il m'a serré dans ses bras, et comme la couleur de ses yeux était triste. Il m'a dit :

– Ne m'oublie pas, Ed ! J'existe. Je serai loin de toi, mais proche par le cœur, toujours, autant qu'un sylphe peut l'être d'un homme. Nous ne nous reverrons plus, sauf en rêve, peut-être, lorsque tu raconteras notre histoire dans l'un de tes livres. Ne te détourne pas de ton chemin. Prends soin de toi. Prends soin de Nan, aussi.

– Harold, j'ai sangloté, tu ne dois pas partir. Il faut que tu restes vivre avec nous...

Il a eu un regard pour le village tout illuminé. J'ai cru y déceler comme l'ombre d'un regret. Mais sa décision était déjà arrêtée.

– J'ai été envoyé aux hommes pour une tâche précise. À présent qu'elle est accomplie, je dois m'en retourner. Ma place n'est pas ici, Ed.

J'avais la gorge si serrée que je n'ai pu articuler un son. Sans doute sentais-je aussi que ce serait inutile. Mr Sanghorn souriait. J'étais content pour lui, content qu'il suive son petit-fils dans les montagnes du nord. Je crois que rien ne le retenait vraiment chez nous. Il avait connu la vie des chasseurs, un monde différent du nôtre. En somme, il appartenait lui aussi à la forêt.

Ils ont ramassé leurs maigres ballots et s'en sont allés. Je suis resté seul sur le chemin, à m'user les yeux pour tenter de les voir encore dans le lointain. Cette nuit-là, je me souviens, la forêt s'est emplie de lueurs merveilleuses, comme si toutes les filles de neige s'étaient assemblées pour un gigantesque bal. C'était magnifique. Nous avons eu un hiver très doux, cette année-là.

Je n'ai plus jamais revu Harold ni son grand-père.

Que désirez-vous savoir de plus ?

J'ai tenu le serment du gosse un peu gros que j'étais – je le suis beaucoup moins, à présent, mais je suis plus vieux aussi. Je suis devenu écrivain, un conteur pour les enfants des villes qui n'ont jamais entendu parler de notre forêt, des montagnes du nord et des lutins qui y habitent. Quant à Nan... Vous savez, Nan, dont les cheveux sentaient toujours si bon... J'ai à présent tout le loisir de les respirer, de les toucher même, depuis qu'elle a accepté de devenir mon épouse.

Elle lit ces lignes à mesure que je les écris, ici, sur la véranda, sa main posée sur mon épaule. Et comme moi, parfois, elle tourne les yeux vers la ligne bleue que dessinent les montagnes du nord, par-delà les forêts murmurantes. Il y a une brise fraîche qui caresse les pâturages ce soir, une brise au parfum de lointain, de féeries oubliées, hantées de sylphes que courtisent les étoiles de neige, dans l'abandon du printemps.

L'AUTEUR

Michel HONAKER est né en 1958 à Mont-de-Marsan dans les Landes. Très tôt, il consacre beaucoup d'efforts à détourner ses cahiers de classe du droit chemin en les truffant de textes ayant peu de rapports avec les équations ou la trigonométrie, auxquelles il vouera toujours une farouche aversion.
Avec un stylo oublié par un oncle vampire, il se lance dans le fantastique sulfureux et écrit une trentaine d'ouvrages consacrés au genre par des voies aussi détournées que le thriller ou la SF. À l'heure actuelle ce dangereux maniaque d'opéra et de musique classique est activement recherché pour détournement de lecteurs sages.

COLLECTION
Cascade

CASCADE AVENTURE

La cour aux étoiles
Évelyne Brisou-Pellen

Les larmes de la jungle
Pierre Pelot

Le magicien d'or
Roger Judenne

Le maître du salon noir
Michel-Aimé Baudouy

Miguel de la faim
Nicole Vidal

Peur bleue en mer rouge
Jean Guilloré

Le prince d'ébène
Michel Honaker

Prisonnière des Mongols
Évelyne Brisou-Pellen

Le serment de Sarah
Jane Yolen

Le sorcier aux loups
Paul Thiès

CASCADE POLICIER

L'assassin crève l'écran
Michel Grimaud

Dans la gueule du loup
Boileau-Narcejac

Une étrange disparition
Boileau-Narcejac

Harlem blues
Walter Dean Myers

L'impasse du crime
Jay Bennett

Le labyrinthe des cauchemars
Jean Alessandrini

COLLECTION

Cascade

Peinture au pistolet
Thomas Garly
Signé vendredi 13
Paul Thiès
La sorcière de midi
Michel Honaker
Les voleurs de secrets
Olivier Lécrivain

CASCADE 11-12

L'acrobate de Minos
L.N.Lavolle
L'ange de Maura
Lynne Reid Banks
C'est la vie, Lili
Valérie Dayre
À cloche-cœur
Marie-Florence Ehret
Comme sur des roulettes
Malika Ferdjoukh
Coup de foudre
Nicole Schneegans
Cyrano junior
François Charles
Les deux moitiés de l'amitié
Susie Morgenstern
L'été de tous les secrets
Katherine Paterson
L'été Jonathan
Marie Dufeutrel
La guerre de Rébecca
Sigrid Heuck
Le mystère de la nuit des pierres
Évelyne Brisou-Pellen

RAGEOT ÉDITEUR
Achevé d'imprimer en Juin 1992
sur les presses de l'imprimerie Hérissey à Évreux (Eure)

N° d'éditeur : 2209
N° d'imprimeur : 58583